幻象録

genshoroku

megumi kawano

川野芽生

泥 文 庫

目次

Ⅰ　歌壇時評　2019

権力にゆだねられた歴史のはてに　2019年2月　8
うつくしい顔　2019年3月　13
続・うつくしい顔　2019年4月　18
人間ってだれ？　2019年5月　23
わたしってだれ？　2019年6月　28
わたしが加担するもの　2019年7月　33
続・わたしが加担するもの　2019年8月　38
「怒り」についての落穂拾い　2019年9月　43
表現の不自由展・その後・その後　2019年10月　48

Ⅱ　幻象録

幻想とはなにか　2019年11月　54

倫理と政治的正しさに対する誤解について　2020年1月　67
短歌は天皇制を批判できるか　2020年3月　80
パンデミックの中から、未来への手紙　2020年5月　93
差別と差別表現　2020年7月　106
身体、とりどりの　2020年9月　119
第一歌集点景　2020年11月　132
〈普通〉の渦からの奪還　2021年1月　146
読むこと、読まれることを巡って　2021年3月　159
他者を消費すること　2021年5月　175
美しさと暴力　2021年7月　189
虚構と恋と　2021年9月　202
女性がトップに立つことについて、
およびあまり乗っかりたくない世代論の話　2022年1月　215

これはプーチン独裁と天皇制についての話かもしれません。　2022年3月　228
話を聞いたらどうですか？　2022年5月　244
対話を閉ざすもの　2022年9月　260
「価値観の変化」とは何か？　2022年11月　273
ハラスメント相談所訪問記　2023年1月　286
名前をつけられているのは、あなたのほう　2023年3月　299
「外の世界よりリベラル」な、この短歌の世界で　2023年5月　313
この世の語彙で　2023年7月　329
批評は何のためにあるのか（最終回）　2023年9月　342
あとがき　356

Ⅰ　歌壇時評　2019

権力にゆだねられた歴史のはてに

２０１９年２月

平成の終わり、ということがお祭りのように言われる年だった。歴史が動くのを目の当たりにする興奮のようなものがあちこちで口に出されていたけれど、ということは私たちの歴史は、いまだに私たちのものではなく、天皇という君主のものだったわけだ。ことに今回の改元は、天皇をも見舞う不可避的な死によるものではなく、天皇から発せられた「お」気持ちによるものだったから、権力者に動かされ権力者の意思を忖度するよろこびめいたものが巷間にあふれてグロテスクだった。

だから元号で時代を区切るやり方には歴史を権力者任せにする奴隷根性が感じられて警戒したくなる。『短歌研究』の「平成じぶん歌」のシリーズや『歌壇』一月号の「平成最後のお正月を迎えて」という特集に冠せられた「平成」。確かに何らかの区切りを設けては来た道を振り返る必要はあるのだ、それが想起のためであって、「終わり」とともに蓋をしてしまうためでなければ、と思っていた矢先に来たのが『短歌研究』

一月号の総力特集「平成の大御歌と御歌」だった。これについては『現代短歌』二月号から瀬戸夏子の「白手紙紀行」を引くのがよいだろう。

戦後短歌は、よく引き合いに出される斎藤茂吉をはじめとする「戦意高揚の歌」への批判と反省抜きには成立しなかった。および桑原武夫の「第二芸術論」をはじめとする短詩型文学への否定論、その根底にある日本的抒情への嫌悪、への抵抗なしにはこれもまた成立しなかった、とわたしは考える（しかし桑原は《敗戦した日本の私》というみっともなさを性急に他ジャンルに転化させたきらいがある）。敗戦後、かたちを変えたとはいえ天皇制がつづき、否が応にも宮中につづく文芸であるという、葛藤ありきであったはずだ、戦後短歌は。

「短歌研究」一月号の総力特集「平成の大御歌と御歌」には屈託がなかった。ここでは短歌は天皇制ときれいに順接であった。

ここに付け加えたいことはあまりないけれど、私には瀬戸でさえ（この引用箇所にはないが）天皇に「お言葉」や「お歌」といった敬語を使うことがショックだった。この特集で一番おそろしかったのは、「天皇陛下のお歌を「大御歌」（御製）といい、そして美智子皇后のお歌は「御歌」という」なる冒頭の説明文だったからだ。「正しい」知識を事実確認的に伝える顔つきで、その実とてもパフォーマティブに、天皇を敬うこと、皇后や庶民と差別化することを強いてくるこの一文。敬語のシステムが、ひいては日本語のシステムが、天皇を頂点として構築されていることを露呈する、この。ことばはいつでも、目を離したらすぐに、権力構造と馴れ合おうとする。

砂子屋書房のwebサイトに掲載された阿木津英の時評「「正史」の罠にはまるな。」(「月のコラム　歌の上枝、詩の下枝」二〇一八年十二月分)は、権力に歴史を託すことの危険をフェミニズムの観点から指摘したものだった。取り上げられているのは、睦月都の評論「歌壇と数字とジェンダー——または、「ニューウェーブに女性歌人はいない」のか?」(「短歌往来」十二月号)。睦月はシンポジウム「ニューウェーブ30年「ニューウェーブは、何を企てたか」」において荻原裕幸らが「ニューウェーブに女性歌人はいない」と発言したことを伝え、短歌の「正史」から女性が排除されていく構造を批判する。阿木津はこの批判をもっともなものとしながら、「正史」の存在を前提とする態度に警鐘を鳴らす。

「正史」からわたしたちを排除するな、と他者に声をあげさせてしまえば、自分たちが「正史」として是認されることになる。一方、他者は、いじましい要求を突きつける存在へと身を落とす。要求が通っても、通らなくても、袋小路。罠だ。

これは重要な指摘だろう。

同時に、「若い世代」が歌壇の性差別に異議を唱えるようになったここ数年の風潮を評価するときの阿木津の筆致、ことに「堂々と胸を張ったさわやかさ」や「新世代の空気」をそこに見出すという記述には、どこか進歩史観的なものが感じられて首を傾げたくなる。

女性国会議員の割合は、日本（衆議院）では一九三カ国中一六五位（列国議会同盟二〇一七年度ランキング）、世界経済フォーラムのジェンダーギャップ指数も、日本は一四四カ国中一一四位（二〇一七年）というていたらく、世界で拡がっているMETOO運動にも反応の鈍い日本といった、わが国の女性に対する人権意識の低さではあっても、若い世代には確実に浸透していることをうかがわせる。

「若い世代」に属する誰かが声を上げるととかく時代の功績にされがちだ。いまこのときの差別に抗議しているのに、そんなことを言えるとはいい時代になったと、微笑ましいものでも見るような顔をされる。けれどジェンダーギャップ指数が年々下がっていくこの社会で、大きな力に逆らって声を上げる者の戦いは孤独だし苦しいままだ。「新世代」はそんなによいものではない。

「時代」を無条件に肯定するような言葉は危うい。歴史をおおきなものに委ねてはいけない。

うつくしい顔

２０１９年３月

「ニューウェーブに女性歌人はいないのか」という問いかけを受けて、加藤治郎がTwitter上で「水原紫苑は、ニューウェーブのミューズだった／穂村弘、大塚寅彦、加藤治郎、みな水原紫苑に夢中だった／凄みのある美しさが、彼らを魅了した」などと発言した。（／は原文では改行。ツイートは現在削除されているが、だからといってなかったことにはならないので引用する。）

容姿とは関わりのないはずの領域に容姿の評価を持ち込んではいけないと、何度言えばよいのだろう。褒めているのだからよいと思う人もいるだろうか。もしそれほどまでに容姿に関心が高いなら、容姿とその持ち主に最低限の敬意を払うために、以下のことは知っておいた方がいい。

男性が決定権を持ち続けるこの社会では、女性が女性であるという理由で様々な機会を奪われる一方で、女性が何か機会を摑んだり成果を上げたりすれば、それは彼女が見目麗しいからだとか、男性に媚びを売ったからだとか言って能力を否定される危険が付き纏う。容姿ゆえに評価することは、その評価や功績が容姿のみによって（不当に）得られたものだとして、いつでも取り上げる準備ができていると、暗に脅迫する機能を持つ。そして、容姿や「女性としての」魅力を判定する物差しは男性の権力者が握っている。

その上、権力のある人間に容姿を評価されることと、それを利用させろと要求される（つまりは、性的に迫られ）、拒絶すれば多くのものを失う危険との距離はあまりに近い。容姿を褒められた瞬間にその相手の脳裏をよぎる恐怖を想像する手間を省きたいなら、他人の容姿になんか口出ししないことを強くおすすめする。

もうひとつ、女性の表現者を、男性の創作意欲を鼓舞する存在として評価することは、作品として価値があるのは男性のそれだけだと言うにひとしい。女性は男性のために存在すると言うにひとしい。

加藤は上記の発言がシュルレアリスムにおける「ミューズ」の概念を踏まえたものだと説明している。ホイットニー・チャドウィック『シュルセクシュアリティ　シュルレアリスムと女たち　1924-47』（PARCO出版局、一九八九年）を繙いてみると、早々にこんな一節に突き当たる。「シュルレアリストたちの文章や回顧録や追想を読んでいると、シュルレアリスム文学のなかで女性が愛の議論の中心を占めているのにくらべて、実際の女性についての記述があまりに少ないことに気づく」(二六頁)。

シュルレアリスムが作り上げた理想化された女性のヴィジョンは、当の女性アーティストたちにとっては一生ついて回る劫罰のようなものだった。それは無視しがたい力をもっていたが、彼女たちの芸術家としての独創性を育てるのに何ら寄与しなかった。女性という性の人格化や、外部の創造力の源泉であるミューズは男性がこしらえた偶像にすぎなかったからである。(一〇五頁)

シュルレアリスムの画家のひとりレオノーラ・カリントンは「私には誰かのミューズになっている暇はなかった……/家族に反抗したり、画家になるための勉強で手一杯だった」と語り、シュルレアリスムにおける女性とミューズの同一視を「たわごと」と一蹴した(同書)。

また、女性に男性の創造力の源泉たること、男性の日常とは位相の異なる存在たることを求めるのは、女性に「異常」や「狂気」のスティグマを押し付けることでもある。ケイト・ザンブレノ『ヒロインズ』(C.I.P. Books、二〇一八年)はモダニズムの巨匠たちの「ミューズ」となった女性たちが「狂気」という枠組みに囲い込まれていったことに光を当てる。彼女たちは自らも表現に携わったり、パートナーである男性作家の表現活動に協力したりしたが、一人の表現者とは見なされず、男性とは異なるエキセントリックな存在として、その言葉や経験や人生を都合よく利用されながら、男性たちに都合が悪くなると狂気の烙印を押され、精神病院に閉じ込められ、表現を禁じられた。言葉を取り上げられた。

ミューズ、といえば記憶にあたらしいのは、十六年にわたり写真家の荒木経惟のモデルを務め、「アラーキーのミューズ」と呼ばれたKaoRiが、ネット上に公開した手記「その知識、本当に正しいですか?」(https://note.mu/kaori_la_danse/n/nb0b7c2a59b65)で、「芸術」の名のもとに物のように扱われ搾取されたことを綴った件だ。自身の意思は尊重されず、ギャラも多くの場合支払われず、都合よく利用され、日常生活を破壊され、功績はすべて荒木のものにされたという。

誰かを神格化するというのは、相手の意思や人格を刈り込んで、自分の利用しやすいかたちに加工する、ことに過ぎない。憧れるというのは、蔑んでも唾を吐きかけても殴っても、相手は痛みを感じない存在だから、なにかよくわからないすごいものだから、自分とは違って大丈夫なのだと思い込むことに過ぎない。

殺してもしづかに堪ふる石たちの中へ中へと赤蜻蛉《あきつ》　行け

水原紫苑『びあんか』

殺されても物も言わずに（言えずに）堪える者たちに、水原は深いかなしみを手向ける。〈行け〉というたった二音の言葉で命を吹き込まれた非在の赤蜻蛉を。言葉を奪われた存在から決して目を逸らさずに、言葉によって現実の転覆を図る、この歌で果たされているそれこそ文学の使命だと思う。

続・うつくしい顔

２０１９年４月

「時」評と言うからにはその時の潮流や話題を紹介するのが期待されている役割なのだろうと思うしその期待に答えようとしてしまう、のだけれど、最近の話題というのが既存のものとしてあるわけではほんとうはなくて、こうして言及することによって作られていくものだという点に無批判な態度なのではないかと不甲斐なさを覚える。ごめんなさい。そう言いたくなるのは、これで続けて三回ニューウェーブ関連の話題に言及することになるからで、これは「炎上商法」に乗っちゃっているのかなあ。

「わたしたちのニューウェーブ」（書肆侃侃房主催、三月三日）と題されたシンポジウムを聞きながら、でもこれは、「ニューウェーブはこの四人」発言へのアンチテーゼにはなり得ない、と思った。「これはわたしたちみんなのもの」という言説と、「これは限られたメンバーのもの」という言説とは車の両輪であり、ひらかれた運動理念と、排他的な派閥との間でのゆらぎこそ、「これ」の政治的な力が一番強化される場所だからだ。「わたしたち」に関わるものでありながら、「わたしたち」にはフルアクセスが許されていない（ゆえにそれを許されている者を羨望すべき）なにかである、というその状態は。

このシンポジウムで一番射程の長い問い掛けだと感じられたのは、平岡直子の会場発言だった。平岡は、ニューウェーブそのものを批判的に見直すべきだという立場から、加藤治郎の「ミューズ」発言（前回のこの欄参照）と同根のものとして、喜多昭夫の「Sister On a Water」問題を取り上げた。平岡の見解によれば、喜多は（これまであまりそう見なされることはなかったものの）ニューウェーブの中に位置付けられる歌人であり、「きらきらして素敵なもの」に満ちた歌を詠み続けている。一方で、若手女性歌人を紹介するというコンセプトの喜多責任編集の個人誌「Sister On a Water」第一号（二〇一八年六月）はネット上でセクシュアルハラスメントとの批判を集めた（その批判については、榊原紘による記事https://note.mu/hiro_sakakibara/n/na8123cda821eを参照のこと）。その魅力と問題点は、「作品と人格は別」といった切断処理をされるべきものではなく、むしろ「〈何か素敵なもの〉を暴力的に私物化しようとする手つき」において共通しており、それこそがニューウェーブの核にあるものなのではないか、という趣旨の指摘である。

これは本質を突いた指摘だと思う。そしてその問題は、ニューウェーブに固有のものではないはずだ。短歌においては、その短さゆえか世界を構築するよりは切り取ってくることが尊ばれるきらいはあるし、そこには詠み手の目のよさがむろん働いているとは言え、切り取られた側に人格や痛みがあることは言わない約束になりがちだ。

第三〇回歌壇賞授賞式（二月十五日）の席上、審査員の代表としてコメントした三枝昻之が、昨今の応募作に相聞歌が少ないことに苦言を呈して、来年は相聞歌を出せば審査員の目に留まるかもしれないという裏技を伝授していた。ジェンダーやセクシュアリティによる差別が厳然としてあるこの社会で、差別やハラスメントに晒される心配なく安全に相聞歌が作れるのは異性愛者の男性だけの特権だ、というはなしはこの際措くにしても（いや措くべきではないのだが……）、相聞歌は「〈何か素敵なもの〉を暴力的に私物化しようとする手つき」がことに野放しにされる領域なのではないかという危惧がわたしには強くある。だから相聞歌は詠むべきでないと言うつもりはない。「相聞歌」のあまりに特権的な位置付けが、暴力を後生大事に養ってしまうことに（それは現実に「恋愛」や「家庭」を隠れ蓑にDV等が免罪されやすいことと相似形である）、目を向けるべきだと言いたい。

むろん短歌だけの問題でもなく、すべての表現活動に共通する問題なのだと思う。

アンナ・カヴァン『氷』のちくま文庫版（二〇一五年）を読んだとき、帯にも解説にも「美しい」という讃辞が踊っていて違和感を覚えた。『氷』をわたしは美に耽溺する小説ではなくて、美を追い求める人間の獰猛さについての小説として読んだから。語り手の「私」は一人の美しい少女を「長官」なる人物の暴力から守ろうと奔走するが、夢と現を往還する語りの中で「長官」とは「私」の分身であり、庇護と嗜虐は一体であることが露呈していく。そんな世界を急速に覆っていくのは氷。儚げな彼女の美を結晶化させたような氷が、彼女の息の根を止めようと迫ってくる。これは、生きた人間をうつくしい氷漬けの花にしようとする、致死的な欲望についての小説だ、とわたしは読んだ。それがうつくしい小説として読まれているなら、美への欲望はほんとうに根深い。

うつくしいもの、かわいいものに心ひかれてしまうときに、よしとされて消費されるものたちの、悪しとされて排除されるものたちの、痛みがそこにあるということから目を背けた途端、わたしたちは世界を飲み込む「氷」の一部になってしまう。

さいごに歌を一首引く。

夕顔が輪唱のようにひらいても声を合わせるのはいやだった

服部真里子『遠くの敵や硝子を』

服部の歌は美しいのだけど、その美しさにみずから葛藤しているようなところがある。時が来て次々とひらいていく夕顔の列に、〈わたし〉もかんたんに加われる。おなじ歌を歌いさえすれば。花であれ歌であれ、一般に美しいとされるものに連なることを強いられる、その同調圧力に抗う歌として、わたしはこの歌を読む。

人間ってだれ？

２０１９年５月

短歌と〈人間〉をめぐる議論は折りに触れ繰り返される。角川「短歌」五月号の特集は「ヘビーヴァース　人間を差し出す歌」である。しかし人間を、何に、差し出すのだろう？

特集の目玉である鼎談「人間・命・短歌」の冒頭では、「ライトヴァースが急速に発展した平成に対して、もう一度人間をキーワードにした時代が戻ってくる雰囲気がありますす。作者の生き様が反映している歌を挙げて、論じていただこうと思います」と編集部からの説明があり、「平成は戦争がなかった時代で、大変幸せといえば幸せでしたが、生と死、命ということを考える機会がだんだん薄れてきたのではないでしょうか」と司会の栗木京子が口火を切り、ということはこの特集の背景に、平成は平和さゆえに人間の命を軽く見る歌が流行った時代であるという認識と、その状況への苦々しさがあることになる。

そうした言説には、（この先はもっと社会情勢の厳しい時代になるという意識があるのだとしても、）詩歌の養分となるべき危機的状況への待望が見える、と言ったら意地悪な見方に過ぎるだろうか。だけれど、先の大戦での文学者たちの戦争協力といったことを思い起こすと、いくら警戒してもしすぎではないように思える。歌が人間を、大きな状況への贄として差し出すことに。

ライトヴァースの話には深入りしないことにしても、そもそも戦争がなかったと言ってしまっていいのか、そこで言う人間とは誰なのか、を問わずに通り過ぎることはできまい。

元号で時代を区切ると、〈日本〉が外からは切り離され内は均一な空間であるかのような、そして他の時代からも切り離された時間であるかのような錯覚が生まれる。実際にはこの三十年の間も世界に戦争はあって、イラク戦争に顕著なように日本もそれに加担してきたし、先の大戦やそれまでになされた侵略への贖罪も等閑に付されたままだし、そうした負の遺産を押し付けられたままの沖縄や在日コリアの人々は他者として排除されている。

栗木　伊藤一彦さんの歌はアメリカの戦争ですけど、〈三割がＰＴＳＤといふ帰還兵残る七割の「正常」思ふ〉。PTSDは心的外傷後ストレス障害で、心に傷を負うのが普通の人間ですよね。伊藤さんは、心の傷を負わない人が七割いることに対して違和感を持っている。戦争に行っていろんな体験をしてもPTSDに罹らない人間って何だろう、それを正常と言えるのだろうか。（角川「短歌」五月号、五八頁）

この読みはあまりにも他人事めいている。わたしたち〈というものがあるとするなら〉が問い直さなければならないのは、わたしたちの〈正常〉だろう。ひとがPTSDに罹るほどの状況を作りながら、平然と生きているわたしたちの日常とはなんなのか。こちらとあちら、正常と異常を切り分けようとするわたしたちの、それは正常と言えるのか、ということをこそ問うべきだ。

「ロマンチストですからね、男性の方が（笑）」、「やっぱり二十代三十代に、青臭く歌ってもらいたいなという気持ちがあります」といった栗木の発言の端々に伺えるステレオタイプは、このように〈人間〉が称揚されるとき、想定される人間像はごく狭いものだという思いでわたしを憂鬱にする。人間というカテゴリは、〈人間ではないもの〉の排除抜きには成り立たないのだから。

皆殺しの〈皆〉に女はふくまれず生かされてまた紫陽花となる

大森静佳『カミーユ』

鼎談でも大森の歌が引かれていたけれど、わたしはこの歌を並べておきたい。女性は〈人間〉には含まれないことを告げ戦時性暴力の問題を暗示するこの歌は、人間ではないとされたものが日常受け続ける暴力にも目を向けているようだ。

前衛短歌をめぐる評論の中で、三上春海は次のように指摘する。

現在は、イデオロギー的な巨悪よりもむしろ、差別やハラスメントなど、日々の無数の小さな悪に関心がつよく集まるようだ。（……）日々の生活のなかでわたしたちは、傷つけ、傷つけられ、加害者にも、被害者にもなりうるが、このような現在において、前衛短歌の〈悪〉という概念は、先に触れた〈男性性〉の問題も含めて、再検討を迫られるべきだろう。（三上春海「「極」／現在」「現代短歌」五月号、三九頁）

現代の若者は「弱者としての自分」ばかり見ているという栗木の言より、三上の指摘の方が現代をよく捉えている。

ただ「理念や統御機構を持たない流動現象は、外力に対する抵抗力を発揮しづらく、大きな力に、〈巨悪〉に、容易に流されてしまう危険と隣りあわせにある」という箇所については、わたしは意見を異にする。大きな悪も小さな悪も構造は同じであり、小さな悪に流されるときすでに大きな悪に流されている、と思うからだ。

なまくびを刈れという声さみどりのその声がわたしの喉を濡らした　『カミーユ』

『カミーユ』は〈人間〉ではなくなった死者の代わりに語ろうとする歌集で、その死者のひとりにナチスへの抵抗運動を行ったゾフィー・ショルがいること、その連作に暴力への誘惑を描くような歌が置かれていることも、そのように理解できようか。

わたしってだれ？

2019年6月

前回は短歌と〈人間〉の話をした。このうたには〈人間〉が描かれていない、という言い方が（否定的な意味を持って）なされることがしばしばあって、しかし人間とは、「おまえなんか人間じゃない」という排除を前提としたカテゴリではないのか、とおもう。このはなしは、〈私性〉なるものと関わってくるのだろう。

短歌における〈私〉とは何か、という議論は複雑で、ここで要約するのは難しい。短歌は一人称の文芸としばしば言われるけれど、必ずしも表立って〈私〉が出て来るとは限らない。けれど表向き二人称や三人称に見える歌でも、〈私〉にフォーカスをあてて読む（また、そう読まれるように作る）ことで輪郭がクリアになる、ととりあえずは取っておいていいかもしれない。そして一首単位よりも、歌が複数並んで連作や歌集というかたちをなしているときにその性質は浮き彫りになってくるし、連作や歌集が複数並ぶと〈作者〉というかたちが浮かび上がってくることになっているから、今度は「生身」の作者も呼び出されてくる。ここには、一首における主人公や語り手や視点人物としての〈私〉と、複数の歌（この単位は作者が恣意的に決定できる）を束ねる〈私〉と、ひとりの作者名に帰属する歌すべて（この単位は作者が決定できないので、他者から貼られるレッテルになりやすい）を束ねる歌人の〈私〉と、短歌を作っていないときも含めての「生身」の人間、といったさまざまなレベルがあって、それらが混同されるとき特に問題が起きやすい。「生身」の歌人のプロフィールから遡って一首を読むというような、あるいはむしろ「生身」の人間の人生を味わうために一首をつまみにするというようなときに。

と、整理してみたけれど、〈私性〉の話になるときに私が拘泥してしまうのは、〈私〉って誰のことなのか、「生身」の人間などというものはどこにいるのか、という、素朴といえば素朴なのかもしれない疑問だ。

稀風社刊『うに―uni―』（二〇一九年）の特集「連作という影」において、山階基は自身の連作「長い合宿」「コーポみさき」を題材に連作について語っている。

わたしにとって、一首ずつ短歌を完成させていくことがいちばんの快感で、あとのことはだいたいおまけのように思う。一首ずつの短歌を精緻に読んでいきたいし、自作の短歌にもそのような機会があってほしいと願っている。三十首とか五十首とかの短歌をまとめて連作とすることも気が進まないというのが正直なところだ。

　それでも、ずっと新人賞がほしかった。短歌が並んでいたら連作と思え、という読者に対して短歌を差し出すためには、連作を読みたいという読者の欲望と付き合わなければならない。

　そう告げて、ふたつの連作がどう読まれたのか検証しつつ、「連作」に期待されているものを解き明かしていく。そして、自分はそれらの欲望に忖度してしまった、親切すぎた、と悔やむ。

　三上春海が「連作という影――特集にあたって」において「質的性格のひとつとして、短歌におけるいわゆる〈私性〉の問題を無視することはできません」と指摘している通り、山階の言う連作への欲望とは、〈私性〉への欲望でもある。そして複数の歌に底流するひとりの〈私〉がちゃんといる、と読者が満足するために求められるのは、性別やセクシュアリティ（それと、山階の文章には出て来ないけれど、新人賞選考座談会などを読むに、年齢や職業）といった属性の情報なのだ。それらの情報が抜け落ちているとか、統一されていないと感じられるとき、その連作はひとりの〈私〉

の像を結ぶことに失敗しているとか、拒絶していると評せられがちだ。でもそうした読みは、マジョリティ的な人物像を無意識のうちに想定することで成り立っている(どんな人も何かしらマイノリティ要素を持っているのだから、そうした「標準的」な人物像に完璧に当てはまる人などいないのだけれど)。そうした人物像から外れた〈私〉を設定するなら、それなりの説明をせよ、という圧力がある。

少ない言葉から多くの情報を引き出すことを目標としたとき、ステレオタイプの力というのはたしかに有効で、だからこそ、不公平だなと思う。ステレオタイプを有利に使える作者と、ステレオタイプが足枷になる作者がいるのは。自分のセクシュアリティやジェンダーアイデンティティをいちいち説明することを求められ、説明したらしたで、テーマとしてそれらを「打ち出そうとしている」と捉えられる人がいるのは。

人には多数派的でない部分があるというだけでなく、多面的な〈私〉があり、揺らぎがあり、他者から見えるのとは違う〈私〉を想像の中で生きることもある。それらすべてをひっくるめて〈私〉だと思うのだけれど、人間が云々されるとき、生活や職業や人間関係といったものに関わる、ごく狭い範疇の〈私〉だけがそれと認められがちだ。生身の人間と呼ばれるものはどこにいるのだろう。いかなる者の、いかなる語りが、まさしく〈私〉の語りであると認められるのだろう。

「人間像を示さないまま〈場面〉を差し出」そうとする山階が、作者としての手の内を明かしながら自作を語ることは、一見矛盾と映るかもしれない。けれど偏狭な読みが作品を閉じ込めてしまうことへの、それは抵抗であって、それこそが評論のなすべきことであるようにわたしには思われる。

わたしが加担するもの

2019年7月

半年前、私が担当した歌壇時評の第一回で取り上げたのは元号の話題だった。わたしたちが日常に用いる（用いさせられる）暦なり言葉なりに、差別的な制度がふかく絡みついていて、それらを用いて暮らしながらわたしたちは、息をするようにそうした制度を容認し、承認し、再生産させられている、ということへの危惧を書いたつもりだ。

けれど新元号が発表されると、その危惧もまた杳気だったように思えてきた。元号の典拠のことだ。典拠は『万葉集』であると告げられるや、書店では関連書籍が売り切れ、『万葉集』ブームの訪れが報じられた。歌人たちのあいだには少なからず祝福ムードが流れたように記憶している。

こういうふうに、搦め捕りに来るのか、と思った。

短歌の世界にはなんとなく自分たちがマイナーだという自意識があって、それは

〈伝統〉や〈歴史〉に対する自負とも結びついている。少数派であることも、ごく狭い意味での〈現代〉の流行に沿っていないことも、なんら悪いことではない。けれど、誰の目にも留まらないような隅っこの場所にいたつもりで、いつの間にか真ん中でお神輿を担がされていた、ということは、往々にしてあるのだと思う。ふだんは日陰者のつもりでいるにもかかわらず（それゆえに）、光を当てられることへの免疫がなく、日が当たるとかんたんに舞い上がってしまう、ということは。

この社会は、役に立つ／立たないという尺度でものを測りすぎる。そして（権力によって）「役に立たない」側に括られてしまったものたちは、（権力にとって）「役に立つ」場所を与えられた途端に喜んで自分を差し出してしまいかねない。そういうあやうさに自覚的になる必要があるはずだ。

品田悦一『万葉集の発明――国民国家と文化装置としての古典』（新曜社、二〇〇一年初版）が新装版で復刊されたのは喜ばしいことだった。『万葉集』が「天皇や皇族、貴族だけでなく、防人や農民まで、幅広い階層の人々が詠んだ歌」を収めた国民歌集であるといった（元号発表の際にも使われた）通念を真っ向から否定する研究である。「天皇から庶民まで」という幻想が、近代国民国家の成立にあたり、人々を統合するために必要とされ、『万葉集』がその幻想の容れ物となったことが指摘される。

万葉国民歌集観の成立時期は一八九〇（明治二三）年前後の十数年に求められる。『万葉集』はこのとき、古代の国民の声をくまなく汲み上げた歌集として見出され、国民の古典の最高峰に押し上げられた。以来、百年あまりにわたり、当初「国体」と呼ばれた天皇制や、単行書だけでも五百冊以上が書かれたという日本人論とも密接に関わりながら、日本人のナショナル・アイデンティティーを支えるきわめて有効な文化装置として機能してきた。事態は、近代国民国家の形成過程でおびただしい「伝統」が発明され、国民の一体感を演出するために動員されるという、世界史的現象の一例であり、それもかなり興味深い事例に属すると思われる。（一五頁）

日本に限らず、近代におけるナショナリズムは〈国民〉の共有財産としての文学や物語を必要とした。文学はしばしば人の心を酔わせるために用いられる。そのことをあらためて突きつけられたのが今回の改元だった。

短歌の外に目を向ければ、『日本国紀』への批判を行った津原泰水の本を幻冬舎が出版中止にしたり、ファッション誌やお笑い芸人が政権のプロモーション、というかプロパガンダを担ったりする事例が相次いでいる。

けれど半期の終わりにふたたび元号のことを時評で取り上げようと決めてからしばらく寝かせている間に、お祭りムードやブームも落ち着いてきて（あるいは単に、私がそれらに馴れてきて）、いまさら書いても大袈裟に見えるかもしれない、とも思ってしまった。思ってしまったということを書いておこうと思う。それは曲がりなりにも「時」評と呼ばれる（その時その時の最新の話題を拾うことを多分期待されている）ものを書いていることの弊であるかもしれないし、そうでないのかもしれないのだけれど、私の危惧が薄れていくのだとしたら薄れていったという記憶も薄れてしまうだろうから、書いておきたい。

半年間この欄で書いてきた（つもりでいる）のは、わたしたちのつかう言葉が制度によって規定されてしまっているということだ。制度は差別を内包する。ジェンダーやセクシュアリティ、階層や学歴や職業、民族や国籍、それに私には見えていないたくさんの事柄をめぐる差別を。だから言葉は悪いものだ、使うなということではない。何かについて、それは差別だ、と言うとき、あれもこれも差別になるなら何もできないではないか、とか、それならどうしたらいいのか、と問われることがしばしばある。たしかに何もできない。いかなる差別にも加担せずに生きることは不可能だ。けれど自分が何に加担しながら生きているのかを考えることはできるし、それによって避けることのできるものはあるはずだ。

そういう、大きな大きな遠回りを経た上でないと、歌については語れない。

今回で終わりのような書き方をしたけれど、この時評はまだ続くことになります。

続・わたしが加担するもの

2019年8月

小佐野彈『メタリック』（短歌研究社、二〇一八年）が第六三回現代歌人協会賞を受賞した。作品の多くが同性愛を主題にしており、作者もオープンリーゲイであることで注目される歌集である。それゆえに、性にまつわる社会規範への批判を読み取る評も多い。たとえば次のような歌は、性別二元論を乗り越えた歌として評価されている。

むらさきの性もてあます僕だから次は蝸牛として生まれたい

けれど歌集中にはむしろ、本質主義的な性別二元論に根ざした歌が多く見られる。

血流は雨だと思ふ　扁平な半身同士ぶつけ合ふとき

なにひとつ産まざる腹を寄せ合つて二年あまりを生きてきたこと
主婦といふ選択肢なき同性のふたり互ひのトーストを焼く

〈扁平な〉〈なにひとつ産まざる〉といった形容は、扁平であること自体に注目しようとしているわけではなく、「男性である」ことを表現するためのクリシェ的な婉曲語法に過ぎない。ここでは、性別は身体的特徴や機能に基づいて定まった、本質的なものであることが想定されている。トランスジェンダーや、出産をしない女性、曲線的な体型の男性や直線的な体型の女性の存在は無視されている。そうした性別は社会的な役割に結び付けられ、女性なら〈主婦〉になれるとされる。たとえば女性の同性カップルの存在は考えられていない。男女の賃金格差ゆえに女性の同性カップルは経済的に困窮しやすく、当然専業主婦という選択肢は取りづらい、といった問題があるにもかかわらず。

死は女性名詞なるべし　あざやかにひとつふたつと宿されてゆく
腕まくらされてゐる上半身にひそかに巣喰ふ少女を思ふ

女性は詩的なモチーフとしてのみ用いられる。HIVを扱った連作における、男性同士の恋を阻む〈死〉＝〈女性〉というネガティヴな意味付け。それでいて男性の恋人に〈少女〉性を付与するというのも、都合のいい部分だけ私物化するようなものだ。このミソジニーはマジョリティのみなさんと何ら変わるところがない。

多様性多様性って僕たちがざつくり形容されて花ふる

という歌があるけれど、実際、この歌集に〈多様性〉はない。セクシャルマイノリティの中では最大のマジョリティであるゲイ男性がいるだけだし、それも差別的な社会規範を脅かすことのない、差別意識を内面化した、マジョリティに都合のいい姿で現れる。現実世界でも歌壇でも、ゲイ男性の存在を以て〈多様性〉が担保されたというアリバイとするような、多様性とは逆行する状況への皮肉だとすれば上手いけれど。

そしてこういうマイノリティ像がマジョリティにとってどう都合がいいかを端的に表しているのが、本書に収録された、野口あや子による解説である。野口はこの歌集に恋愛を主題とした歌が多いことを取り上げて、こう語る。

いつからだろう、相聞歌が気恥ずかしいといわれる時代になった。……「相聞歌なんて……」と眉をしかめる人たちはある意味賢い。そして一番苦しくて美味しいところを味わわないで終わってしまうという意味では、とても寂しい人たちだ。

恋愛が創作の主題として特権的な立場に置かれ、人間の幸福の必須条件のように言われる時代が終わっても（残念ながらまだ終わっていない）、恋をしそれを書く自由が奪われるわけではないから安心してほしいし、無性愛者はじめ恋愛をしない人間に対する差別であることに気付いてほしい。

人はたやすく、多様性を言う。あるいはマイノリティーを言う。たやすく多様化して、細分化して、されきって、男と男の間に、女と女の間に、同性愛者の間に、両性愛者の間に、さらにこまかくボーダーを引く。そしてお互いの差異のみを言い、差異のみを論じ合う。

現代のこの息苦しい緊張状態の当事者である作者の、あまりにも率直で大胆な声に耳を傾けてみたい。

当事者はあなただ。ジェンダーやセクシュアリティに関する議論が進みつつある現状を「息苦しい」と感じるなら（それは結局、気楽に差別ができなくなったというだけのことだと思うけれど）、せめて自分を主語に語るべきだ。この解説の中で、野口はマイノリティに「理解」があるポーズを取りながら自身の価値観を正当化するためだけに、小佐野を代弁者として利用している。

私の価値観であなたを切り捨てるのでなく、あなたから見える世界をきちんと想像すること。本著は現代の想像力のリトマス紙にもなるのかもしれない。

これはその通りで、暴露されているのは著者の想像力のなさだ。

差別意識を内面化したマイノリティを引き合いに出して、マジョリティが差別を正当化するというのはよくある構図だ。とはいえ、そうした場合にマイノリティの方「だけ」が批判される状況を作りたくはない。読み手がもっと成熟するべきなのだし、書き手がもっと多様になるべきなのだ。これがマイノリティ代表、などと誤解されることがなくなるまで。そうなってようやく、『メタリック』をもっと歯に衣着せず批判できるのだろう。

「怒り」についての落穂拾い

2019年9月

フェミニズム批判の古典であり、ことに女性の表現者にとっては必読書とも言えるヴァージニア・ウルフの『自分ひとりの部屋』(平凡社ライブラリー、二〇一五年)を、私は最後まで読み終えることができなかった。「怒り」について、次のようなことが書かれていたから。

こんなふうに書ける女性［ウィンチルシー伯爵夫人］、自然の事物と内省とにこんなにも心をぴたりと合わせることのできる女性が、怒りと恨みでいっぱいにならねばならなかったのは、本当に残念なことでした。(一〇五—〇六頁)

『ジェイン・エア』からわたしが引用した場面を考えれば、怒りが小説家シャーロット・ブロンテの〈誠実〉を邪魔しているのは明らかです。彼女はストーリーに全力を尽くすべきときに、個人的な腹立ちに気を取られていました。しかるべき経験が自分には与えられなかったこと、世界中を気ままに放浪したいときに牧師館で靴下を繕ってくすぶっていなくてはならなかったことを、彼女は忘れられませんでした。義憤のせいで彼女の想像力は脱線してしまい、わたしたちも脱線したと感じてしまいます。（一二九頁）

女性には男性と同等の文学的才能など持ち得ないという偏見に抗い、女性たちに執筆の時間もそのための教育も与えなかった社会を批判する文脈とはいえ、そうした社会への怒りが彼女たちを純粋に文学的なもの（などというものがあるのだとしたら）から遠ざけているかのような書きぶりは、わたしの心を重くした。

その後、半年前の時評でも引用したケイト・ザンブレノ『ヒロインズ』（C.I.P. Books、二〇一八年）を読んでいたら、ザンブレノもまた同じ個所に戸惑っていたことがわかった。

ヴァージニア・ウルフが『自分ひとりの部屋』で書いたことを、どう考えたらいいだろう？　怒りの「赤い光」が明晰で思慮深い精神をくもらせ、良い文章を書くことの妨害になるとウルフは言う。『ダロウェイ夫人』にピリッとした切れ味を与えているのは議員たちをこき下ろす政治性だし、『自分ひとりの部屋』でも男の教授たちをあざ笑っているというのに。

私生活でのウルフは、そのような女性的な怒りと反乱を絶え間なく発動させていた。そのいっぽうで、精神病にまつわる同時代のイデオロギーを明らかに内面化してもいた。『自分ひとりの部屋』の怒りに対する論調には、それがはっきりと表れている。

そこにはT・S・エリオットの矯正的思想の内面化も読みとれる。人は過度なふるまいを避けるべきである。客観的相関物が必要だ。それは女性がどうふるまうべきかだけでなく、良い文章とはどうあるべきかについても示唆している。文章は抑制されるべきである。透明であるべきである。書き手は先人を意識しつつ、彼らとの抑制された霊的な交わりのなかにあるべきである。偉大な芸術のために人としての苦しみを捧げ、個人のありかたを透明にすべきである。(七九―八〇頁)

架空の透明性や中立性を求め、その条件を満たせないなら女性は二流だと感じてしまうウルフの価値観を相対化するこの一節を読んで、ようやくわたしは『自分ひとりの部屋』を読んだときの動揺を乗り越えることができたように思う。

誤解がないように、右の引用での「女性的な」というのは、「生物学的に女性と分類される人間に特有の」という意味ではなく、「社会的に女性と位置付けられた人間の、男性優位社会に対する」という意味であることを付け加えておきたい。この本は、後者の怒りを前者のように解釈して矮小化することに対する、まさに怒りに満ちた一冊なのだから。

『かばん』二〇一八年十二月号の「特集・小佐野彈歌集『メタリック』」の企画のひとつ、「対談　しかたないよとつぶやいて」において、小佐野は「怒り」は歌にならないと語っている。


「無垢な日本で」は社会性がかなり語られたけど、歌集に関していうなら、僕は何かを訴えたいとかいうスローガンは絶対に書きたくないの。自分の中にはもちろん怒りはあったりもする。この前の杉田水脈議員の記事（「新潮45」二〇一八年八月号）なんか見ると「はー？」とか思うわけよ。だけど「はー？」って気持ちは、僕の中で歌にならない。歌って怒りの感情とは相性良くないと思わない？　むしろ悲しみとか諦めの方が相性良くないかなあ。僕自身も歌を作るとき諦めや悲しみの方に感情が傾

いてる。（六五頁）

　これはフリーペーパー「Quaijiu vol.2」（怪獣歌会、二〇一八年十一月。現在はインターネット上のnoteで読める）においてわたしや山城周が「無垢な日本で」を批判したことへの応答でもあるのだけれど、「党派性は好きではないし偏りも持ちたくない」（六九頁）という小佐野とは、「怒り」に対する捉え方が根本的に違うのだなと思ったのだった。

表現の不自由展・その後・その後

2019年10月

九月二十六日、文化庁は愛知県で開催されている国際芸術祭「あいちトリエンナーレ2019」に交付される予定だった補助金の交付を取り止めると発表した。表向きの理由は、同芸術祭の企画展のひとつ「表現の不自由展・その後」に申請手続き上の瑕疵があったということになっているが、それが建前に過ぎないことはあきらかだ。

簡単に経緯を整理すると、「表現の不自由展・その後」は、過去に国内の公共施設で展示不許可とされた作品を、その不許可の理由とともに展示した企画であるが、昭和天皇の肖像写真を含むコラージュが燃える映像（同コラージュ作品を含む展示の図録が焼却された事件を題材としている）や従軍慰安婦を題材とする「平和の少女像」などを同展が展示したことに対し抗議が殺到した。菅義偉官房長官が文化庁の補助金について「精査したい」と言及し、河村たかし名古屋市長が「日本国民の心を踏みにじる行為」「国のお金も入っているのに、国の主張と明らかに違う」と発言し、大村秀章愛知県知事に対し中止を要望した。松井一郎大阪市長も「公金を投入しながらイベントをやるときに、我々の先祖があまりにも人としての失格者というか、けだもの的に取り扱われるような展示をすることは、やっぱり違うのではないか」と発言していた。更に脅迫やテロ予告が行われたことから、安全が確保できないとして開幕三日で同展は中止に追い込まれた。そしてあいちトリエンナーレのあり方検証委員会による、「条件が整い次第、すみやかに再開すべき」との中間報告案が二十五日に示された矢先に、芸術祭全体への補助金不交付の決定が発表された。

言うまでもなく、これは公権力による検閲であり、時の政権の（極右的な）歴史認識にそぐわない表現への弾圧であると言うほかない。萩生田光一文部科学相は交付中止の理由を、主催者である県が「予見して準備すべきことをしていなかった」こととしているが、脅迫などの犯罪行為の被害者がそれを理由に補助を取り消されるのは理不尽に過ぎるし、同展への攻撃が加熱した背景には前述した政治家らの発言がいわば「お墨付き」として機能したことがあったのは明白だろう。表現の自由の侵害を許さないと公人がきちんと表明し、攻撃行為の責任を追及していくことも選べたはずなのに、それをしなかったどころか、けしかけたことになる。更に、今回の補助金不交付の決定は、そうした攻撃を政府が追認するに等しい行いである。

同展の再開を目指して同芸術祭の参加アーティストらが結成したグループReFreedom_AICHIは、補助金交付中止の撤回を求め、署名サイト「change.org」上で次のように指摘した。

作品の取り下げを公人が迫り、それによって公金のあり方が左右されるなど、この一連の流れは、明白な検閲として非難されるべきものです。
また、脅迫を含む電凸をすれば一部の展示が中止され、文化庁が動き助成金を取りやめるなどということが前例化してしまえば、日本はテロと戦う気がないと全世界に発信するばかりか、文化庁が脅迫に手を貸すというメッセージにもなりかねません。
文化は、テロや脅迫とは逆の立場から、多様な人々の存在や意見をアピールするものです。そのような文化の原理原則自体と相容れない、文化庁による今回の暴力的な決定は、文化的最低限度の生活を全国民に保障する、憲法と民主主義への脅威にもなりかねません。

公権力による弾圧も、「お上」の意にそぐわないと思われる表現を一般市民が「忖度」して潰しにかかる行為も、この先更に増えていくばかりなのかもしれない。

短歌の世界における、ひとつの事件を最後に取り上げたい。加藤治郎の「ミューズ」発言を取り上げた「詩客」の特集「短歌時評 alpha」にて、濱松哲朗は次のような経緯を明らかにしている。

この文章を含む今回の企画に対して、「詩客」短歌部門の顧問に加藤氏が名を連ねていることを踏まえた上で何らかの「配慮」をするように、という主旨の通達が「詩客」主宰の森川雅美氏からあったと、企画担当者から知らされたことがありました。原稿依頼時点では「ミューズ問題を考える」だった企画案も、いつのまにか「ニューウェーブ再検討」にまではっきりと後退を見せていた。(「短歌時評 alpha (2) 氷山の一角、だからこそ」)

そして『塔』八月号の時評「たとえ都合が悪くても」でも次のように指摘する。

「詩客」の連載企画「短歌時評 alpha」が一回限りで中止に追い込まれた。筆者はここで加藤治郎のミューズ発言批判を書いているので、至極残念である。そもそも、代表の森川雅美が問題の当事者である加藤に企画の是非を御用聞きした時点で(「詩

客　短歌時評」五月四日更新分参照)、「詩客」の言論の自由は崩壊している。御上に都合の悪いものはここでも無かったことにされるのか。

表現の自由の侵害はあらゆるところで起きていて、私たちはいつでも当事者なのだ。

Ⅱ 幻象録

幻想とはなにか

２０１９年11月

石川美南『架空線』を読む。物語性が高く幻想性の濃い作風は健在で、同時に〈現実〉に立脚した歌も多く含まれているのが特徴だ。

たとえば左のような、ファンタジー色の強い歌群がある。

犬の国にも色街はあり皺くちゃの紙幣に犬の横顔刷られ
「コレクション」

おすすめのメニューを聞けば嬉しげにホットドッグの不味さを語る
「犬の国」

妬ましき心隠して書き送る〈前略、へそのある方のわたし〉
「わたしの増殖」

犬の国の言葉を話す犬たちと過ごしてきた記録や、〈わたし〉が二人いて、しかもへそのない方の〈わたし〉が作中主体である連作だ。

他方で、「川と橋」と名付けられた連作では、二度の東京オリンピックや明治維新、関東大震災や東日本大震災など、現実の東京都の歴史と現在が川と橋を媒介に描き出されている。

直角に川を曲げたる腕力を〈ばくふ〉と呼べり、その水しぶき

川を道で上書きしたる腕力は〈オリンピック〉と名付けられたり

光るもの光らぬものを引き連れてオリンピックがまた来るといふ

「川と橋」

一首目と二首目には、歴史の中で繰り返し現れる、政府というもののもつ暴力性が描かれ、三首目にはそれが現在と将来のものとして示唆される。

『架空線』というタイトルからして示唆的だ。「架空」とは「根拠のないこと。また、事実に基づかず、想像によってつくりあげること。また、そのさま」(大辞林)という意味であり、その線で行くと、架空線とは、想像によって作り上げられた、現実に

存在しない線ということになる。架空の線ってなんだろう。たとえば数学における「直線」は、幅もなければ端もない線であり、それを描きあらわすことは不可能だから、現実にはありえない線と言っていいかもしれない。『架空線』には、この意味で「架空」と言ってよい歌や連作が多数収められている。

ところが「架空線」は実在する。「コンクリート柱・鉄塔などによって空中に張り渡した電線」のこと。きわめて現実的で散文的な存在だ。「架空」という言葉の第一義はそもそも、「空中に架け渡すこと」という意味がある。空に架かっている、すなわち地に足がつかない、というところから、先に挙げた「事実に基づかない」という意味につながるのだろうが、考えてみれば空というのは事実そこにあるものではないか。

このタイトルの中にはすでに、虚実のせめぎ合いがあり、侵蝕しあう夢と現がある。夢のように思われているものが同時に現実であり、現実に存在するものが同時に仮想的であるという示唆がある。すべてが嘘であり、すべてがほんとうなのだ。

＊

「空」の現実性に関しては、J・R・R・トールキンのファンタジー論「妖精物語について」に面白い一節がある。

最近、オックスフォード大学のさる学者が信じがたいことを言ったそうだ。大量生産のロボット工場がキャンパスのそばにあることも、耳を聾せんばかりの騒音を立てながら走る機械仕掛けの交通機関も、「わが大学を現実に触れさせる」ことになるから「歓迎する」と。

[……]

この文脈で「現実」という表現は、大学人として恥ずかしい。自動車がケンタウロスや竜よりも活気があるなんて、おかしなことだ。自動車が馬より「現実」的だなんて、あんまりばかげていて悲しくなってしまう。ニレの木より工場の煙突のほうがずっと現実的で、びっくりするほど生き生きしている、だと。ニレの木が好きだなんて哀れな時代遅れだ、逃避主義者の非現実的で空虚な夢だ、とは、まったくあきれてものもいえない。

わたしとしては、ブレッチャリー駅の屋根のほうが雲よりも「現実」的だとは、どうしても納得できない。人工物である駅舎の屋根よりも、伝説の天空の円蓋《ドーム》のほうが、どれほど想像力を刺激することか。四番ホームへの陸橋など、ギャラールの角笛を持つヘイムダルが守るビフロストの虹の橋と比べたら、まるでおもしろくない。(『妖精物語の国へ』杉山洋子訳、ちくま文庫、二〇〇三年、一一一―一一二頁)

〈現実〉ということばは、日常、ごく狭い意味で使われがちである。自動車の方が馬より現実的であり、駅舎の屋根の方が空より現実的である、というふうに。その〈現実〉というのは、時間的にも空間的にも自分に近い、というだけの近視眼的な基準で決められていることが多い。遠い国や遠い時代の物事は非現実的に見えるし、ごく近くにあっても見えていないもの、たとえば自分とはまるで属性の違う人間の生活などもそうだろう。更に言えば、より無味乾燥なもの、より醜悪なものこそが「きれいごと」ではない〈現実〉と認定されがちだし、その〈現実〉は人間だけのものだ。

＊

トールキンは言わずと知れた『指輪物語』の作者だが、吉岡太朗のプロフィールには「J・R・R・トールキンの「ニグルの木の葉」を読み、創作を志す」という一文がある。

みずうみのほとりの町へおりてゆく夜空に翅をひろげてわしは
「春になると妖精は」

電話する君の肩へと腰掛けるどっこらしょとかゆわへんように
はるかなる常世の国からやってきたもんとして耐える屁のこきたさに
写真にはアイルランドの海岸と君とほんまは肩に乗るわし
君の見る夢んなかにもわしはいてブルーベル咲く森をゆく傘
みどりいろの飛行機　君の夢んなかのアイルランド旅行が終わりをむかえ
君がだんだんわしと話さんようになるそしてはじめて降る雪の夜
もう夢に入れんくなり寝るすがた見とると案外ねぞうがわるい
そうやってわしが見えんくなるまでの梅のつぼみの雪にふくらみ

吉岡の第二歌集『世界樹の素描』（書肆侃侃房、二〇一九年）に収められた「春になると妖精は」は、妖精が作中主体の連作。ある秋の夜にやって来たこの妖精は「君」にのみ見える存在で、夢の中にもついていき、時には家事も手伝うが、「君」は恋をするとともにイマジナリーフレンドを必要としなくなったのか、次第に妖精と話さなくなり、夢も一人で見るようになり、その姿を見ることができなくなり、春の訪れとともに妖精は去っていく――と書くと正統派ファンタジーのようだけれど、この妖精はこてこての関西弁を操り「わし」と名乗るなどとにかく妖精らしくなく、それでもなるべく妖精らしくしようとしてか、〈どっこらしょとかゆわへんように〉気を付けたり〈屁のこきたさに〉耐えたりする。しかも妖精伝承の色濃く残る国アイルランドとの縁も深いようで、「君」の夢の中でともにアイルランドめぐりをしている（「君」が実際にアイルランドに行ったことがあるのか、それも夢の出来事なのかは不明）。

このこてこての関西弁は第一歌集『ひだりききの機械』（短歌研究社、二〇一四年）の時から用いられているもので、黒瀬珂瀾による『ひだりききの機械』解説では「この関西弁にあふれる口語性は生々しい身体感覚を伴う」（一八三頁）と指摘されている。その一方で、『京大短歌』二一号（二〇一五年）に収められた「吉岡太朗歌集『ひだりききの機械』草津批評会記録」では、「ある種の金属性を塗工する化粧としての関西弁」（一二九頁）「肉声を感じない」（一三〇頁）という指摘がなされ、黒瀬も「吉岡さんの口語は口語じゃないですよね。三猪さんのご意見を聞いて、やっぱりこれ文語なんだなあっていうのがよくわかりました」（一三四頁）と発言している。この歌集の批評会は東京でも行われたけれど、この方言のある種の虚構性についてそこまで掘り下げた議論は出なかったように記憶している。

私は関西弁ネイティブではないので細かいニュアンスがわからないけれど、吉岡の短歌の関西弁は生の身体感覚を伝える口語というより、どこから発せられているのかわからない、身体のない声のように聞こえる。身体のにおいの脱臭された標準的な文語体に比べて、方言は発話者やその身体に強く結び付けられているはずだと信じられているからこそ、吉岡の歌における作中主体の非在がいっそう際立つのかもしれない。強いキャラクター性を帯びた文体でありながら、そのキャラクターの参照先が空白であるような。

それでもわしは叫ぶんやから無い口のかわりに尻からひり出している
「No Mouth」『ひだりききの機械』

吉岡の歌において、この文体がすでに高い虚構性を持っている上に、「春になると妖精は」では妖精が作中主体になる。短歌の「私性」と「虚構」をめぐる議論では、「私性」が短絡的に「虚構性を許さない」ことに結び付けられがちだけれど、歌の背後に一人だけの人間の顔があると信じられていることは、むしろ強度の高い虚構を築くための武器になるのではないかと思っている。短歌はたしかに一人称の文学であり、日記文学的な側面があるからこそ、妖精なり「へそのないわたし」なり、架空の存在を作中主体に据えたとき、どこにもいないはずの存在が直接話しかけてきたようでどきりとするのであり、それは三人称の語りが確立している小説にはない強みなのではないか。

吉岡のプロフィールには、「井辻朱美に触発され、短歌をはじめる」ともあるけれど、人称をめぐる井辻のスタンスは吉岡と大きく異なる。井辻の歌集『吟遊詩人』のあとがきには、一人称の文学としての短歌に自身が馴染まない旨が記されている。

わたしはいったいに一人称の歌が苦手で、いわゆるセルフ・ドラマタイゼーションというものからは、かなり遠い地点にいる。思うに、自分の日常生きている時間をひとつのコンテクストにくくりあげることができないのだろう。適切な比喩ではないかも知れないが、宮沢賢治の詩が、たとえば小岩井農場などの目に見えるものからまず描写をはじめ、行を追うごとにいつのまにか、継目もみせず幻想の世界に移行しているのに、わたしの思考のはたらきかたは似ていて、ゆくりなく、とりとめもなく、いわば瞬間ごとに、現実のあるモノから、何か別の時空にあるモノへと、意識がワープし、広がってしまうのである。（『井辻朱美歌集』沖積舎、二〇〇一年、一七三頁）

しかし、井辻の歌集を読んでいて私にとって面白かったのは、三人称で書かれた歌よりも、マイケル・ムアコックの「エルリック・サーガ」を題材に、エルリックの視点で書かれた連作だったりする。

歓楽と匂ひの巷　ふるさとを憎みつつ来る傭兵酒場

（究極の意味はあるのか？　海風にわたしの髪はまぎれてやまぬ）

「エルリック断唱」『水族』

＊

細うなる君は月にはあらずしてふたたび満ちてゆくことのなく

はるのあめ君の世界の阪神は負けたるままにきみごと消えて

「時の砂」

生涯をかけてしずめることやろうわしとはわしをおわらせる沼　「沼」

『架空線』と同様、『世界樹の素描』にも、荒唐無稽な歌と現実的な題材を扱った歌がともに収められている。右に引いたのは介護や家族の看取りを描いた歌だ。どちらの歌集でも、夢めいた歌群と現めいた歌群は互いに照らし合い、現の虚構性と夢のリアリティを浮かび上がらせているのであり、そうして夢と現という対立を解体していく。

＊

ファンタジーは逃避文学だという非難に対して、トールキンは次のように応答する。

逃避という言葉を誤用する人びとが好んで「現実」と呼ぶもののなかで、ふつう逃避は明らかに役に立つし、勇敢な行為ですらあると思う。［……］
　自分が牢獄にいると気づいた人間が外に出て家に帰ろうとしたからといって、なぜ軽蔑されなくてはならないのだ。脱獄できない場合、看守や監獄の壁以外のことについて考えたり話したりして、なぜ悪い。外の世界が直接見られないからといって、囚人にとって外の世界が存在しなくなるなんてことはあるはずがない。（前掲書、一〇八―〇九頁）

この連載の第一回で「ファンタジー」について考えたくなったのは、それがしばしば、目先の〈現実〉からは遊離しているように見えながら、〈現実〉を〈現実〉として規定する近視眼的なまなざしを解体し、社会へのカウンターとなりうるからだ。

昨年『現代短歌』誌上で「歌壇時評」を連載しながら、批評のあり方について悩んでしまった。時評に期待されている役割は〈現在〉を切り取ることだろうと思う一方で、目先のものに飛びつくだけではいけないとも思う一方で、取り上げるに値するものを選び出すのも批評の役割ではないかと思う。作品の書かれ方や読まれ方の背後には社会があり、社会の不均衡のために書くことのできないことや書いてあっても正しく読まれないことがある以上、社会のはなしを回避しては作品に公正に向き合えないと思う一方で、作品のはなしから離れすぎではないかと悩むこともある。

目先のものとの距離の取り方と、〈現実〉への批判の仕方に悩むとき、ファンタジーはひとつの手本になる。ファンタジーに限らず、文学という形式を選んだ時点で、あるいは短歌の定型を選んだ時点で、虚構こそが事実よりもよく真実を語りうると信じていることになるのだし。

『現代短歌』で書き続けるにあたって、今度は「時評」という枠から離れたところでやらせてもらうことになったのも、時評や批評のあり方に悩んだからで、この連載で自分が何を書くことになるのか、批評なのか日記なのかエッセイなのかフィクションなのか、自分でもまだわかっていない。おそらくそのすべてを合わせたものになると思う。それでタイトルは「幻象録」とした。現象、ならぬ、幻象。うつつとまぼろし、虚構と現実、作品と社会、それらにまたがる事象を記録していきたいと思う。まぼろしの象を撫でるみたいに。

倫理と政治的正しさに対する誤解について

2020年1月

文学とフェミニズム、あるいは文学と倫理を考える際、いま読んでおくべきは韓国文学であることは論を俟たないだろう。

近年、韓国文学においてはフェミニズムを標榜する作家の活躍が目覚ましく、そうした作品を中心に日本でも韓国文学の紹介が盛んになっている。「韓国・フェミニズム・日本」を特集した『文藝』二〇一九年秋季号は創刊以来の三刷となり、一一月にはこの特集を増補した『完全版　韓国・フェミニズム・日本』（河出書房新社、二〇一九年）が書籍として刊行された。

本書に収められたエッセイ「フェミニズムは想像力だ」において、チェ・ウニョンは次のように明快にフェミニズムの意義を言葉にしている。

このように女性差別はあまりにも当たり前で基本的なものになっていて、差別だと可視化すらされないケースがほとんどだ。自分をフェミニストだと確認してからの私は、これまで当然のことだと思って受け入れてきた数々の瞬間が、実は差別だったと知って傷ついた。フェミニズムの観点を知らなかった頃に戻れたら、むしろ楽なんじゃないかと考えなかったわけではない。だがフェミニズムを自分の問題として考えるようになる前の私も、当然のことだと受け入れながらも実は傷ついていたのかもしれない。知らなかっただけ、言語化できなかっただけで、実際は傷つき、他者化される経験をしていたのだ。傷を言葉で表現することもできず、心に怒りと悲しみばかりが募るような生き方はしたくない。(一七〇頁)

フェミニズムは想像力だ。誰も阻害されたり傷つけられることなく、皆が笑顔で過ごせる暮らしへの夢、社会がいうところの「正常な家族」を構成しなくても、自らの幸せを最大限に追求できる生き方への夢、自由を与え合うことによって皆が解放される、肯定的な人間の自由への夢だ。そういうフェミニズムを私は愛している。韓国社会で女性として文章を書きながら生きる、私の人生を愛している。韓国と日本社会に生きるすべての女性の人生がより自由で、より多くの可能性に満ちあふれたものになることを願っている。フェミニズムはそうした私たちの道を常に照らしてくれること

だろう。（一七一頁）

小説以外で特に読み応えがあったのは斎藤真理子と鴻巣友季子の対談「世界文学の中の隣人　祈りを共にするための『私たち文学』」で、ここには多くの示唆が含まれていたが、チョ・ナムジュ『82年生まれ、キム・ジヨン』の異例のヒットに対して、特に鴻巣の方にどこかとまどいがあるように感じられたのも興味を惹いた。関連のある箇所を、長くなるが引用する。

斎藤　韓国でも、「『キム・ジヨン』が」これほど売れるとは思っていなかったそうです。それで初版部数も控えめだったんですが、口コミでどんどん広がり、作家も編集者も出版社も驚いた。出した側がそうであるくらいだから、評論界もなぜこれが売れるのか必死で分析したようです。文芸作品としてはもっと優れたものが数多くあるのに、これほど大衆的人気を獲得したのはなぜなのかと、評論家の間でも論争が起きました。それらを読んでみると、「政治的には正しいが、文学として美学が足りない」という分析がなされたりしていますが、決定的な答えには至らず「今後も考えていかねば」みたいな結論だったようです。（一三三頁）

鴻巣　[レティシア・コロンバニ『三つ編み』と『キム・ジヨン』は]淡々と言葉を並べていきますよね。表現も構造も直球で、あまりごちゃごちゃ複雑にしません。現代文学は、多声性、多元視点、重層性、両義性といったものを重じてきました。でも『キム・ジヨン』『三つ編み』はそれらを排しています。『三つ編み』は三人の物語だけれど、複雑なハーモニーまたは不協和音でなく綺麗なユニゾンになっています。

斎藤　シンプルなんですよね。今まで声になっていない女性の思いを顕在化させる、という目的意識がはっきりしている。自分たちが社会の代弁者として伝えなくてはいけないことがある、といったたいへん素直な動機があると思います。（一三五頁）

鴻巣　韓国文学は、もともとメッセージ性が強い傾向にあったのか、偶然いまそのフェーズにあるのか、どちらなんでしょう。

斎藤　伝統的にずっとそうだったと思います。[……]韓国の文芸評には〝倫理〟という言葉が頻出します。文学は倫理性を具えていなければならない、という大きな命題があるのですね。

鴻巣　なるほど。日本の批評では倫理という言葉はまず使わないですよね。使うと、途端に胡散臭い感じがしてしまう。倫理が重んじられる中で、一連のフェミニズム運動はどう見られていますか？　従来の文学が具えてきた倫理と、新たにフェミニズムによって提示される倫理が、ぶつかったり分裂したりすることはないのでしょうか。
斎藤　建前としては分裂していません。『キム・ジヨン』の評なら、「女性の人権がより保護されるべきことは疑いようもない。しかし文学性が低い」とか「しかし極端だ」となります。
鴻巣　「しかし」と来るわけですね。
斎藤　韓国でももちろん、文学と政治的な正しさの関係についてはさまざまに議論があります。ただ日本文学は、潔癖なまでに倫理的であることを拒否するというか、顕在化させてはならないと考えているところがありますよね。（一三五―三六頁）

鴻巣　テーマを顕在化させるか沈潜させるかというのは、本当に難題です。［……］「小説は外交官でも文化大使でもない」という言い方をしたことがありますが、テーマは深いところに沈潜していなくてはいけないと。しかしいま、韓国に限ったことじゃなく、どうしようもなく悲惨な現実を前に、世界の文学がすごくストレートになっている気がします。

斎藤　『三つ編み』が百万部ですから、驚きますよね。わかりやすくすると普段本を読まない人にも届いて、それを機に読書に興味を持ってくれるという、良い売れ方をすることも確かですが。

鴻巣　文学はこれまでアイロニーや風刺やパロディなどを駆使して権威への批評を行ってきました。でもいまは、フィクションを軽く飛び越えるほど酷いことが、現実世界に次々と起きてしまう。まわりくどいことをしている場合ではないということなのかもしれません。（一三六―一三七頁）

鴻巣　最近の本はよく「私たち」という言葉を使いますよね。『三つ編み』の帯にも「この怒りと祈りが私たちをつなぐ」と書いてある。

嫌な思いを抑圧させられてきた記憶というのは、共通分母が広いし強烈なんだと思います。#MeToo 運動の反映もあるでしょうね。「私」が繁殖して「私たち」になっていく。こういう連帯感は必要なんだけど、同時に「私たち」という大きな主語で語ってしまうことの怖さもあります。どんな正しいイデオロギーでも、例えば「街をきれいにしましょう」といったすごく素朴で正しい提案でさえ、やり方しだいではファシズムになりうるわけですから。（一三八頁）

鴻巣　先日『主戦場』という映画を観てきました。慰安婦問題に関して、たくさんの論者がカメラの前で話をしていくんです。いろいろ言いたいことはありますが割愛して、ライターの武田砂鉄さんが「最終的には味つけの濃いほうが勝つ。味つけを濃くするのがうまいのは誰か」というコメントを寄せていました。それは、思い当たる節がいろいろとある、小説でも、多層な構造を用いてアイロニーを張り巡らせても、いくら巧妙な描き方をして訴えても、例えばあるくだりに「馬鹿」と強い言葉が書いてあったら「この本に馬鹿と言われました」という読み方しかしない人が増えているわけです、悲しいことに。濃くて単純な味つけのうまい人といえば、トランプですよね。村上春樹が言っていましたが、ヒラリー・クリントンは家の一階のリビング、つまり社交の場で通じるような真っ当な主張だけをし続けた。だけどトランプは人々の地下室に訴えることだけを言い続けた、と。皆が本当は思っているけど口に出せないことをどんどん掘り起こして大声で言って聞かせた。それで勝った。味つけの濃いほうが勝ったわけです。その意味では、『キム・ジヨン』は暴言を使わずに、シンプルだけど薄味で攻めて勝ったことになりますよね。この意義は極めて大きいと思う。（一四〇頁）

鴻巣　『キム・ジヨン』よりも濃い味のものが出てきて「私たち」という主語で語りだしたときがちょっと怖い気がしています。シンプルで濃い味つけを文学者が怖いと思うのは、やはりそこにメッセージというものが大きく鳴り響いて、戦時下や革命、軍事政権や独裁政権といった状況で使われることをイメージするからだと思います。プロパガンダですね。どんな良いイデオロギーもファシズムになりうると言いましたが、最終的にはそれを恐れているから、少なくとも現代の文学者は常に多重性、多声性、多視点にこだわるのでしょう。これを、ナイジェリア系作家のアディーチェは「シングルストーリーの危険性」と言っていますが。（一四〇―四一頁）

鴻巣は『キム・ジヨン』を「薄味」と評価している。しかし「薄味」の反対の「濃い味つけ」は、「多層な構造を用いてアイロニーを張り巡らせ」た、「多重性、多声性、多視点」といった性質に対置されている。そして他の箇所を見ると、『キム・ジヨン』は「アイロニーや風刺やパロディなどを駆使し」た、「多声性、多元視点、重層性、両義性」を具えた作品とは対極の「ストレート」な小説と評されている。であれば、『キム・ジヨン』はむしろ「シンプルで濃い味つけ」の側に入れられるべきではなかったのか。あるいは濃さ／薄さと単純さ／複雑さという二つの軸がここで交差しているのだろうか。対談での言葉にそれほど厳密な対応関係を見出そうとするべきではないのかもしれないけれど、鴻巣は『キム・ジヨン』をどう評価すべきか揺れているように思われる。『キム・ジヨン』に一定の評価を与えつつも、そのストレートなメッセージ性と、多くの女性たちがそれに共感し支持したという事実に対し、手放しに喜べないものを感じてもいるようであり、共感や連帯感といったものに重きを置きすぎることが全体主義に通じるという警戒を表明してもいる。その警戒に妥当性はあるのだろうか。

引用した箇所では、倫理的であることとテーマを顕在化させること＝ストレートなメッセージ性を持つことがシームレスに語られているように見える。あくまでも『キム・ジヨン』についての議論の文脈で出て来た言及であり、一般論としてそう捉えられているというわけではないように思うものの、ここでは議論の整理のためはっきりと区別しておきたい。倫理的であることと、重層的にテーマを沈潜させて書くことは充分に両立しうるはずだ。倫理はしばしば単一の硬直した「答え」のように受け取られるけれど、むしろ答えの出ない問いを考え続けることが倫理的な態度であるからだ。

また倫理と政治的正しさ（ポリティカル・コレクトネス）も区別しておくべきだろ

う。ポリティカル・コレクトネスは、しばしば行き過ぎと批判されたり、「言葉狩り」と警戒されたりする。あるべき言葉遣いを規定しようとするポリティカル・コレクトネスは、硬直的で教条的なものと映るのだろう。ポリティカル・コレクトネスとは本来、"chairman"を"chairperson"と言い換えるなど、語彙レベルで作用する差別を取り除こうとする試みであるが、最近はもっと広く、たとえば登場人物の人種や性別の偏りを是正したり、西洋的な視点や異性愛者の視点に偏らない見方を提示したりすること、つまり作品をマジョリティの専有物としないための配慮を指して使われることも多いように思う。それは公平であるための手続きのひとつであり、ひとつに過ぎない。ゴールではなくスタートであり、唯一絶対の普遍的な解ではないし、そうあろうともしていない。暫定的な調停方法のようなものだから、更新され続ける倫理と両立しない局面もあり、そういうときに、たとえば問題提起をしようとする文学作品において、「政治的に正しくない」語彙を用いることが否定されているわけでもない。

これらを区分せずに語ると、ポリティカル・コレクトネスが絶対的な規範のように見なされ、ポリティカル・コレクトネスは倫理とイコールであると解され、倫理自体が教条的で規範的な唯一の解を持つもののように捉えられるという(よくある)現象が起きる。実際には政治的に正しくて文学的価値の高い作品を作ることはできるし、政治的に正しくなくて倫理的な作品もありうる。倫理的で文学的価値の高い作品も当然ありうる。文学と倫理について語るには、そうしたことを踏まえておくべきだと思う。

わたしには斎藤の「日本文学は、潔癖なまでに倫理的であることを拒否するというか、顕在化させてはならないと考えているところがありますよね」（一三六頁）という指摘が興味深かった。日本文学全体はわからないが、少なくとも短歌に関わる場で話をするとき、「倫理」といったことばを使うと相手が身構える気配がすることがしばしばあり、「倫理」が文学とは相反する規範のように捉えられているのではないかと感じられるからだ。対談はそこから「テーマを顕在化させること、沈潜させること」という問題に移っていくけれど、日本文学が倫理的であることを拒否しようとするという問題はむしろ、倫理的な柱を据えることとそれを顕在化することを混同していることから来ているのではないかと思う。

わたし自身の好みを言えば、『キム・ジヨン』は見たことのある景色の連続で、物足りなさを覚えはした。文学の役目のひとつに、見たことのない景色を見せてくれることがあると思うからだ。『完全版　韓国・フェミニズム・日本』に収録されている小説の中でも、チョ・ナムジュ「家出」よりは象徴的な手法で書かれたユン・イヒョン「クンの旅」の方がよいと思うし、アンソロジー『ヒョンナムオッパへ　韓国フェミニズム小説集』（白水社、二〇一九年）の中では、チョ・ナムジュによる表題作よりも不条理SFめいたク・ビョンモ「ハルピュイアと祭りの夜」の方がおもしろい。とは言え、『キム・ジヨン』には誰にとっても見慣れたものしかないわけではない。見えているはずなのに見ていなかったもの、現実にはあるのに文学には描かれて来なかったものを、そこに見出す読者もいるはずだからだ。

「私たち」の危険性とは何だろう？「私たち」という表明には立場の異なる者たちが困難な連帯を可能にしようとする希望の響きがある、とわたしは思うけれど、一歩間違えば立場の違いを無化したり、立場の違う者を排除したりする均一化の暴力性の危険を持っているのもたしかだ。日本人が韓国のフェミニズムに共感し、連帯感をもつときのひとつの陥穽として、韓国に対して自分たちが加害者であったことを見落としてしまうことが考えられる。これは「私たち」の中の違いを見落とす危険性と言える。特に忘れてはならないのは従軍慰安婦問題だろう。それは日本と韓国の問題であると同時に、性暴力の問題である以上、フェミニズムにおいて見逃されてはならない問題だからだ。また、近年特にインターネット上で見られるのが「TERF」（Trans-Exclusionary Radical Feminist＝トランスジェンダーに排除的な原理主義的フェミニスト）的な言説で、これは「私たち」をシス女性に限定しようとする排他的な言説だと言えるだろう。

短歌は天皇制を批判できるか

2020年3月

『短歌研究』二月号の「特別対談（後篇）　内田樹vs.吉川宏志　第二部「天皇と短歌」」を読んで絶句してしまう。

二〇一九年一月号の「平成の天皇・皇后両陛下の御製と御歌」の時は、その政治性に対する無自覚さ、無邪気なポピュリズムが露呈してしまったという印象だったけれど、天皇制支持者であることを表明する内田樹と、肯定否定どちらにも付けないと言いつつ心情的には天皇制への愛着を見せる吉川宏志の対談を載せるのは、全体として、短歌と天皇制の癒着を支える方に舵を切ったという感がある。

編集部は昨年一月号の特集に対して厳しい批判があったことに触れて、「いっぽうで、現代短歌と天皇についてフラットに受け止めてくださる方もいました」（一〇〇頁）と述べている。現行の制度やイデオロギーに肯定的であることを「フラット」と呼ぶ語法は、よく目にするものだ。

この対談では、天皇制に対する批判は「拒絶感」（一〇〇頁）「トラウマ」（一〇八頁）と言い換えられ、条件反射的な嫌悪感に矮小化されており、天皇の戦争責任や、歌人の戦争協力の歴史といったものに対する真摯な反省は見られない。吉川は「戦後の短歌の世界には、天皇制に対する拒絶感が強くあり、今もかなり残っています」（一〇〇頁）と述べるが、短歌の世界が特別天皇制との間に距離を取れているわけではないどころか、その反対だろう。天皇制との関係が強かったから、そして今も強いからこそ、そのことへの批判が言葉にされる機会が多いのである。『現代詩年鑑二〇二〇』の「短歌展望二〇一九」において、井上法子は現代詩と比較して短歌における天皇制との結び付きの強さを指摘している。

世の中をも巻き込んで、短歌の世界に特別な盛り上がりを見せた出来事のひとつとして、改元が挙げられるでしょう。「平成」から「令和」へと元号が変わることに対して、これほどまでにセンシティヴに反応していたのは、言葉の世界においては短歌が一番なんじゃないでしょうか。

そういえば、現代詩は「ゼロ」や「テン」などの年代で括られることはあっても、元号でひとつの時代のまとまりを示したりはしません。けれど、たとえば斎藤茂吉の

『明治大正短歌史　続』（中央公論社、一九五一）や、三枝昻之の『昭和短歌の精神史』（本阿弥書店、二〇〇五）のように、元号による時代区分は、短歌の世界においては、ごくごく一般的に用いられている。ここに、短歌は現代においても「天皇制」の尾を引く文芸であり、ということを、わたしたちは痛感せざるを得なかったのです。（井上法子「触れられなかった〈煌めき〉のこと」『現代詩年鑑二〇二〇』、一三〇頁）

吉川は「もちろん今も、天皇制を絶対に認めない人たちもいて、それは理解できるのですが、やや強硬すぎると思うこともあります」（一〇一頁）と語り、「八紘一宇」に因んだ命名がなされるような土地柄に生まれたことに触れて、「天皇制に賛同している人たちは愚かなんだ、というふうに言う人たちもいるんですね。では、故郷の人たちはみんな愚かなのか。天皇制を全否定する人たちには反発を感じてしまって、保守的な思想のほうに共感していた時期もありました」（一〇一頁）と言うが、反天皇制論者へのこうした感情的な反発は、反天皇制への適切な批判にはなり得ない。「天皇制を肯定する側にも否定する側にも共感できなくて、宙ぶらりんな立場で、僕はずっと短歌を作ってきた感じがします」（一〇一―一〇二頁）という吉川の迷いは、多くの日本人の声を代弁したある意味正直な述懐かもしれないが、その声も内田に話を合わせるようにして「天皇制を肯定する側」に飲み込まれていく。

内田は自身が天皇制支持を公言するようになったきっかけとして平成天皇の「象徴的行為」という言葉を挙げている。曰く、

内田　もちろん天皇制の存否についての議論はありました。天皇制は是か非かの議論はありました。でも、立憲デモクラシーの枠内で天皇制はどのように働くことによって「日本国の統合」「日本国民の統合」という負託を果たし得るのか、という最も根源的でかつ最もプラグマティックな問いだけはネグレクトしてきた。そして、そのことを怪しまなかった。（一〇三頁）

とのことなのだが、立憲デモクラシーの枠内に天皇制が「ある」こと、「日本国の統合」という役割を負っていることを前提としたこの「問い」を天皇制支持の根拠とするのはあまりにも循環論法的であろう。そもそも「国民」が「統合」されている必要があるという価値観自体がナショナリスティックな危ういものであり、戦前、アイヌや琉球民族や韓国の人々を「同化」したのと同じロジックではないのかと問われてしかるべきだ。「統合」という言葉の裏側には、「統合」されていない、「統合」されるべき

だと見做される、まつろわぬ者たちがいるのだということを、考えなければならないはずである。

内田は「改憲運動が遅々として進まない理由の一つは天皇陛下が護憲派だからです。左翼の護憲派の人たちはなかなか天皇が憲法の守護者だということを認めたがらないんですけれど、僕はそう思います」（一〇六頁）と述べる。内田と吉川はいずれも安倍政権に反対する立場から、政権の暴走に歯止めをかける存在として天皇を評価している。現政権に批判的で護憲派の知識人が天皇をよりどころにするという奇妙な転倒もまた、あまりによく目にするものである。

吉川　天皇が、たとえば選挙協力などの政治的行動をすることは禁じられているので、〈行動〉にはならないぎりぎりの〈行為〉でとどめてきたわけですね。

内田　戦死者を慰霊することは、政治的な行為だと思います。……その死者たちを慰霊するというのは宗教的な行為であると同時に痛烈な政治批判でもある。でも、決して政治的意図があらわにならないように平成の天皇は努めてこられた。僕は、この方の気配りの行き届き方には敬意を払います。

吉川　そうですね。今の政権にストレートに反対するのは〈行動〉になってしまうけれど、過去の戦争の死者を慰霊するという〈行為〉によって、憲法九条を変えようという動きを押しとどめようとしていることが、言外に伝わってくることは多いですね。（一〇四頁）

自身の政治的理念と共通するものを天皇に見出して評価しつつも、その政治的理念が表に出されることはないこと（なぜなら、それは天皇という立場上あってはならないことなのだから）を気配りとしてまた評価する、そのねじれがわからない。ある個人の政治的思想を評価するなら、その人が民主的な国家に生きる者として自身の思想を堂々と表明できる権利を保障されていることを願うべきだと思うし、天皇という立場にある者のみが政治に特別な影響力を持つことが許されるなら、その立場に就く者個人の政治的思想によって政治が左右されることになる（現在の日本で民主主義が正常に運営されているとはとても言えない以上、民主主義の制度自体決して無謬ではないのだが）。全く反対の思想を持つ者が天皇の地位に就いたら、それでも天皇制を支持できるのだろうか。

吉川　ところで、この前、天皇の即位のときに、たまたま雨がやんで虹が出たということがあって、それに感動した人たちに対して批判があがりました。

内田　いいじゃないですか。虹が出たんですから、「おおこれは瑞兆だ」くらい言っても罰は当たりませんよ。ハイキングとかに行く時に、からっと晴れると「日頃の心がけがいいからだ」と誰か言うじゃないですか。あれと同じですよ。

吉川　それは非科学的だと言われる（笑）。（一〇七頁）

「科学的かどうか」に問題がずらされているが、批判されていたのはその点ではない。こうした、ある種素朴な信仰が「神風」といった言説を生んだことを、私たちは忘れてはならないはずなのだ。天皇という大きな装置について論じていたはずなのに、突然日常的なささやかなおまじないのレベルに落として擁護するのも二枚舌めいている し、「日頃の心がけがいいからだ」といった因果応報論的な世界観だって、遊びの範疇を踏み越えて公正世界仮説に陥る危険性をつねに秘めている。

吉川　ただその一方、令和になったことを、すごく無邪気に喜ぶ短歌もたくさん作られているんですが、もうちょっと過去の歴史を考えてみてほしい、という思いはあるんです。

内田　でもね、天皇制のような非常に複雑な機能を果たしている制度について、その当否を三十一文字で語るのは無理だと思います。言葉が足りないのはしかたがないですよ。

吉川　やっぱり短歌は短いですから、天皇に関わる歌を安易に作ると、「めでたき大君」みたいになってしまうということなんでしょうね。（一〇六頁）

内田にとって短歌は他人事だから「言葉が足りないのはしかたがない」と言ってしまえるのかもしれないが、吉川は「短歌は短いですから」で済ませてしまってよいのだろうか。私としては、短歌は歴史的には天皇制と共犯関係を持っていたにしろ、決別することはできる、と信じたいのだが。一応は天皇制の無批判な称揚を憂える文脈とはいえ、しかたないと言ってしまっては、短歌は結局現状と癒着するしかできないのだと言っているようなものだ。

内田　戦争のときに「大君が」みたいな歌を尻馬に乗って作ってしまうのは粗忽なやつなんですよ。それほど悪気はないんです。同じように、戦後になって、今度は天皇制を批判する歌を定型的に作る人も悪気はないはずだから僕は批判しません。（一〇八

頁）

内田も吉川も悪気はないだろうが、かれらが天皇制という差別構造に加担すること、戦争協力と天皇制批判を「どっちもどっち」のように並べて前者を矮小化することをわたしは批判したいし、内田のこの発言は、短歌を、ことばをあまりに甘く見た発言ではないだろうか。短歌を作る者として、わたしたちはこうした言説に抗していかなければならないはずだ。

『歌壇』二月号の書評欄でも、高島裕が永田和宏の『象徴のうた』を評しながら、次のように断言している。

短歌の世界においても、また一般にわが国の言説空間においても、この二、三十年の間に、天皇をめぐる議論のトーン、雰囲気が大きく変わった。大東亜戦争を引き起こした当事者として天皇を責め、不平等な身分制の残滓として天皇制そのものを廃棄すべきものと捉える議論は、すっかり力を失った。戦後左翼は、倫理的に、天皇に敗北したのである。被災地への慰問や戦跡への慰霊に赴く両陛下の姿勢ときめ細かな配慮を知るにつれ、そこに偽善や政治的演出を見ることは極めて困難であることを理解せざるを得ないのだ。そしてこの高い倫理性は、たんに人として善であるということではなく、遥かな歴史を背負って日本という国の一体性を「象徴」する、天皇という地位と不可分である。（一四七頁）

天皇の座に就いている個人の人柄の良し悪しは、天皇制という制度を支持する根拠にはなり得ない。その人柄にスポットライトが当たるのも、その行動が「慰問」として認識されうるのも、その人が生まれつき貴い身分にあるとされているという、差別的な構造ゆえのことであって、それは差別的な構造を不問に付す根拠になりはしない。近年、こうした天皇制を擁護する言説が短歌の世界でもそれ以外の場所でも増えているのをわたしは憂慮している。

＊

『歌壇』二月号を読んでいて、歌壇賞候補作品の坂井ユリ「おもき光源」に心を惹かれた。従軍慰安婦問題を、女性としてのみずからの性と身体の上に重ねて詠んだ連作である。

着床のしづらいことを言われた日むしろ安堵に泣いたことなど

どこからが合意だろうか公園に百日紅ちる不文律見ゆ

食いしばる歯のごとく見ゆ強制をうけた女性をあらわす数字

どの舌も這うたび肌は焼けていたずっと心は焼跡なのに

シンボルの蝶が象られた紙に「Boycott Japan」の文字はっきりと

あ、ほら、島から不知火が見える　ように私に加虐欲あり

肉体を憎んでしまう　包丁を引けばトマトの切断面は

暗闇の鏡に立ちているときにチマをはみ出たほそき足見ゆ

〈私〉は韓国に旅行して従軍慰安婦関連の史跡を訪ね、女性として生きる自らの上に、その痛みを手繰り寄せ重ねていく。一首目、着床しづらいことを告げられて安堵する〈私〉は、性に対して受け入れ難いものを感じている。二首目の〈合意〉とは性的合意のことであり、その背景には性暴力や従軍慰安婦の強制の問題がある。どこからが合意だろう、と問われるとき、なしくずしに合意があったことにされてしまう、ほんとうは合意でなかった出来事、暴力でないことにされてしまった出来事の存在が浮か

び上がる。〈私〉は性暴力の被害者に心を寄せると同時に、はっきり暴力であったとは言い切れない、言い切られない様々なものに対して、歯切れの悪い痛みを覚えている。おそらくは〈私〉の身にもそうしたことがあったのだろうと思わせる。三首目では韓国に渡り、おそらくは「戦争と女性の人権博物館」を訪れているのだろう、強制連行された女性を表す数字から、女性たちの〈食いしばる歯〉を幻視する。四首目では〈私〉が被害者の女性たちに憑依されたかのように、〈焼跡〉を自身の身の上に引き受けていく。七首目、包丁を引いたときにあらわれるトマトの切断面。そこには包丁とトマトというふたつの肉体があり、そのふたつが出会うとき一方が他方に傷付けられる。傷付けられることによって、そこにトマトの肉体があるという事実が現れる。同時に同じ場所に存在できないふたつの肉体があるからこそ、一方が切断されるという現象が起きるのである。〈私〉は包丁を用いてトマトを切りながらトマトの方にも自分を憑依させ、肉体があることへの苦しみがそこに湧き上がる。八首目、〈チマをはみ出たほそき足〉が鏡に写り、〈私〉が慰安婦問題の被害者たちと自身を重ね合わせていることを示す。

一方で、〈私〉は被害者側にのみ自分を重ねているのではない。五首目、〈Boycott Japan〉には、自分が加害した側にいることへのひえびえとした自覚が見られる。六首目では自分の中のどこかに――島から見える不知火のように遠く、でもたしかに――〈加虐欲〉があることを告げている。

〈私〉は女性として「従軍慰安婦」であった人々に連帯意識を持ち、性に対して苦しい思いを抱きながらも、日本人として加害責任を負い、自分の中に加害性を見、何重にも引き裂かれている。

日本に生きて短歌を作ることを真摯に見つめたこうした作品をわたしは評価したいと思う。

パンデミックの中から、未来への手紙

２０２０年５月

先が見えない、のはほんとうはいつだって同じはずなのだけれど、いまはことさらに先が見えないように感じられます。この原稿が掲載されるとき、あるいは次号の原稿を書くとき、世界がどうなっているのか、自分が生きているのかさえわからない。だから未来に向かって手紙を書くように原稿を書こうと思う。お元気ですか、あなたは。変化のスピードが速すぎて、ここに書いたことはすべてとうに古びてしまっているでしょうか。あるいは、とうに忘れてしまったことだから、書き留めておいてよかったと思っているでしょうか。

今は、新型コロナウイルスによるパンデミックという「現象」を、とにかく書き記してみようと思います。

コロナ禍でまっさきに打撃を受けたのは、音楽や演劇の業界でした。収入を絶たれたこれらの業界に、政府はいまのところ何の補償も行っていません。コロナ禍が明けたとき、これらの文化はどんな惨状になっているでしょう。文化は決して政治と無縁ではいられない、ということは知っていたつもりでしたが、こんなにも直接的に政治が文化を見殺しにしているのを目のあたりにしたのははじめてかもしれません。これらの業界の危機を救うためにたくさんの基金やクラウドファンディングが立ち上がっているけれど、本来は民間の相互扶助に任せるのではなく、政府が補償すべき領域のはず。文化を守ろうとするその民間もコロナ禍の経済的な影響を免れられず、ほんとうは自分が生き延びるので精一杯のはずなのですから。

今ではもう、感染症の影響を受けているのは音楽や演劇の業界だけでなく、文化全般と言ってよいと思います。家でひとり本を読むという、他者をまったく必要としないと思えた営みでさえ、図書館も書店も閉まっているいま、普段はない壁に突き当たらずにいられないのです。国会図書館にも行けずにこの原稿を書くことになろうとは思いもしませんでした。

大学の授業はオンライン化され、その一方で、経済的に困窮した学生たちが退学の瀬戸際に立たされるという、痛ましい事態になっています。

人間の営みというのは、これほどまでに、人間がひとところにたくさん集まることによって成り立っていたのですね。

短歌の世界もむろんこの自粛ムードと無関係ではありません。残念なことに、批評会や授賞式やシンポジウムが中止になってしまいました。短歌を読み、詠むことも、一人ではできない部分がこんなにあったなんて。

一方で、皮肉なことにと言うべきか、自宅隔離の日々を生き延びるための糧として、文化が必要不可欠であることがこれほどまでに明白になったことも今までないように思います。本や映画や音楽なしには、この不安な日々を家に籠もってやり過ごすことは不可能です。

パンデミックのさなかの、そしてその後の社会と、文学は、どうなるのでしょうね。パンデミックの影響でカミュの『ペスト』がベストセラーになったそうですが。

人に会えない代わりにオンラインで通話をする日々なのですが、その中で印象的だったのが、次のような友人の言葉でした。

「感染症対策のための現在の倫理と、自分の普段の倫理観が噛み合わなくて苦しい。今この状況が一時的なものなんだ、ということを忘れないようにしておかないと、コロナが終わったときに、楽しいことをするのが悪いことのように思えてしまうんじゃないかと心配なんだよね。自分の楽しみのためにショッピングに行くなんて、と罪悪感を覚えてしまいそうで。ほんとうは、楽しむことはよいことなんだと、それは奪われてはいけないものなのだと、覚えておきたい。そのためにも政府のメッセージが不足だと思う。ちゃんと、『個人の行動の自由を制限するなんてとんでもないことだけど、どうしても今は一時的にそうしなくちゃいけないんです、ごめんなさい！』というメッセージを発してほしい」

この言葉に、わたしはなるほどと思いました。わたしはわたしで、繰り返される「不要不急」という言葉にある欺瞞を感じていました。不要不急の用事でも、急を要する用事でも、感染リスクは変わらないはずです。それなのに娯楽や文化ばかりが感染症の原因であるかのように攻撃され、通勤のための外出は容認されています。勤務先に出勤を求められた人たちは言われるままに出ていくしかなく、通勤電車は混雑したままだと聞いています。まるで、感染症に罹るのは「こんな非常時」に「不要不急」（それも、経済を回すことを第一にした優先順位において）の外出をしたことへの罰であるかのようです。そういう、因果応報的な道徳観を醸成することによって、何が行われているのでしょうか。ひとつには、人命や人権よりも経済を優先させるあまりに、本来すべき休業要請とそれに付随するはずの補償を行っていないという現実から、市民の目を逸らさせるということ。もうひとつは、市民同士の相互監視を促すということ。まるで「ぜいたくは敵だ」みたい……。ますます戦時中めいていく、という感想は、ありきたりに過ぎるでしょうか。

詩歌なんて、不要不急の極みですよね。コロナ禍が明けても、「不要不急」を攻撃する道徳観がそのまま根付いてしまうのではないかと怖いのです。そして、一生懸命、詩歌がどれほど「役に立つ」かを宣伝しなくてはならない未来が来るのではないかと。

二月の『塔』の時評で、吉田恭大さんが書いていたことを思い出します。これはコロナ禍が深刻化する前、新しい高校の学習指導要領の話題を発端にした、国語教育の問題に絡めて書かれていたことなのですが。

これからの社会の中で文化を営んでいくためには、いかにそれらが有意義で役に立つか、社会や国家のために言葉を尽くさなければならない。『それが何の役に立つの？』は経済や市場ともすぐさま結びつく。金にならない／自分と関係ない文化には存在価値がないと思っている相手に対して、手を替え品を替えその意義を説明していく、不毛な行為。

本当はそんなことをしなくてもよいのかもしれない。しかし、権力者が己のイデオロギーに合わない表現に圧力をかけることに何の疑問も持たない時代になってしまった。これから先、安全に『役に立たない』作品を作り続けるためには、意味内容ではなく、詩形としての作用や効能を少しずつ喧伝していくか、あるいは戦っていくしかないのではないか。

［……］

昨年の令和ブーム、書店では万葉集がよく売れたが、果たしてそれはこの国の短歌創作者たちに何か「役に立った」のだろうか。日本の伝統だの何だのと無邪気に国歌や元号を引き合いに出して浮かれていると、皆あっという間に「より役に立つ」方へ動員されていくだろう。そしてその時の私たちは、おそらくとても嬉しそうな顔をしている。（吉田恭大「運用と手順②」、『塔』2月号短歌時評、http://toutankakai.com/magazine/post/10814/）

「未来」の懸念として先ほどは書きましたが、その未来はコロナウイルス以前からもう来ていたのかもしれません。

実際のところ、このコロナ禍をわたしは降って湧いた災難とは感じていないのですよね。今まであった、そして進行してきた数多の問題が、ここに来て浮き彫りにされたというか、のっぴきならないところまで来てしまったという感じがする。まず貧困と経済格差の問題がそうです。正規雇用の人が自宅待機できる一方で、非正規雇用の人が出勤を強いられたり、休業中の収入を絶たれて困窮したりするのも、そもそも非正規雇用労働者の増加という問題が背景にあるわけでしょう。大学生から学費値下げの要望が出ているのも、核にあるのはオンライン授業の質などではなく、以前から進行していた学生の貧困問題であり、アカデミアへの予算削減の問題です。国防費やオリンピック費用ばかり膨らんで、人命を、とりわけ弱者の命を守ることにはお金を出そうとしない、というのは、たとえば昨年の台風などの折にも見られたことでした。そもそも現在の政治・社会はずっと、人命と人権を軽視してきているのです。

この自宅隔離期間中、遅れ馳せながら『月に吠えらんねえ』を読んでいます。佐藤弓生さんが各所で、

ポエムがなければいきていけない、か?

かくなる問いをここ二年ほど、近代詩がわが国にもたらした夢と罪をファンタジーの形で語る清家雪子さんの『月に吠えらんねえ』から向けられっぱなしで、この漫画の第十話、十五話、二十六話あたりを読んで私とともに打ちのめされてくれる方を募集中なんですが、（佐藤弓生「Dead or alive?」『たべるのがおそい』vol.1［書肆侃侃房、二〇一六年四月］、七八―九頁）

といったふうに言及していたのでずっと気になっていたものです。
今一番気になった箇所は、右の引用を読み返してみると佐藤さんが「打ちのめされ」たと書いた第二十六話なのですが、それもむべなるかなというところでしょう。

「世間から離れたところでうだうだしてた詩人たちが　書いても書いても金にならず　穀潰しと呼ばれ　金になるってだけで小説至上の文壇からも軽視され　落伍者と馬鹿にされ続けた詩人たちが　はじめて社会に求められた　みんなの役に立った　一部にしか知られてなかった　民衆には意味の掴みにくいおれたちの詩も　愛国の詩と熨斗をつけられることにより音波に乗って拡散していった　戦争詩の時代　それは詩集が最も多く発行された時代　はじめて詩が社会の要請に応えた時代　社会が最上と認めるものが芸術の価値ならば　日本近代詩の頂点は　あの無残な　響きも実験精神も何もない　雰囲気に追い立てられ無理に生み出された出来損ないの　戦争の詩なんだよ」（清家雪子『月に吠えらんねえ』第五巻［講談社、二〇一六年］、第二十六話）

「役立たず」だと思われていた詩人たちが、戦争の時代においてはじめて社会に「求められている」と感じ、高揚し、次々に愛国の詩を作ってしまうという心理をときあかした、寒気のするような台詞です。役に立ちたい、「不要不急」でないものになりたい、という気持ちに、わたしたちはコロナ禍以降、いっそう抗っていく必要がありそうです。

このパンデミック下にあって何を書けばよいのかわからず、パオロ・ジョルダーノの『コロナの時代の僕ら』を読んでいたところ、気になる箇所に出くわしました。パンデミックという緊急事態について、「戦争」という比喩を用いることに警鐘を鳴らす部分です。「今度の緊急事態は戦争と同じくらい劇的だが、戦争とは本質的に異なっており、あくまで別物として対処すべき危機だ」という一文に続いて、次のように記されています。

今、戦争を語るのは、言ってみれば恣意的な言葉選びを利用した欺瞞だ。［……］感染症流行時は、もっと慎重で、厳しいくらいの言葉選びが必要不可欠だ。なぜなら言葉は人々の行動を条件付け、不正確な言葉は行動を歪めてしまう危険があるからだ。それはなぜか。どんな言葉であれ、それぞれの亡霊を背負っているためだ。たとえば「戦争」は独裁政治を連想させ、基本的人権の停止や暴力を思わせる。どれも――とりわけ今のような時には――手を触れずにおきたい魔物ばかりだ。（パオロ・ジョルダーノ「コロナウイルスが過ぎたあとも、僕が忘れたくないこと」『コロナの時代の僕ら』〔早川書房、二〇二〇年、kindle版〕）

言葉の持つ力については完全に同意したいところです。それでは、ここでわたしが「戦争」を思い浮かべてしまうことは、ジョルダーノの言うような軽率な行いなんだろうか。ジョルダーノが懸念しているのはおそらく、ロックダウンのような行動制限を「独裁政治」「基本的人権の停止」と結び付けてしまえば、それに従うことを拒む人々が出て来て、感染症対策を台無しにしてしまう、ということだと思います。わたしがここまで書いてきたことはそれとは別の問題だ、と言ってしまうこともできるはずなのですが、緊急事態に乗じて「緊急事態条項」を盛り込んだ憲法改正を進めようとするこの国の政権下では、むしろその結び付きを見据え、「独裁政治」や「基本的人権の停止」を積極的に恐れなければならないように思います。感染症対策のための一時的な行動制限を今は受け入れるにしてもです。

でも、専門家でもない自分が何を言えばいいのか、何を言っていいのかわからない、自分の不用意な言葉が何をもたらすかわからないという迷いはあり、それはしかし感染症流行時に限らずいつだってそうなのでした。

この部分を別にすると、『コロナの時代の僕ら』は面白く読めました。面白く、という言い方をしていいのかわかりませんが。この本はローマに住む著者によって二月二十九日から三月四日の間に書き下ろされたエッセイをまとめたもので、日本語版には著者あとがきとして三月二十日付でイタリアの新聞に掲載された記事が追加されています。

著者は国境なき医師団を取材するためにコンゴ民主共和国のキンシャサを訪れ、娼館のバラックを目にした経験に触れ、「あんなにも圧倒的で、非人間的な貧困」とそれを形容しています。

僕は今、ウイルスがあの大きなバラックの中に到来するところを想像している。僕らが流行の抑制に十分努力をしなかったがために、今夜の誕生パーティーにどんな犠牲を払ってでも行きたがったために。その時、僕らの特権的な運命論の責任は、いったい誰が取るのだろう?

同じ感受性保持者でもそれぞれの感染のしやすさは異なっているが、超感受性保持者にしても各人が持つ脆弱性は、高齢や病歴だけが理由とは限らない。社会的原因、経済的原因による無数の超感受性保持者がいるのだ。彼らの運命は、地理的にはいくら遠かろうとも、僕らにとってきわめて身近な話だ。（「もう一度、運命論への反論」、前掲書）

僕らが心配しなくてはいけない共同体とは、自分の暮らしている地区でもなければ町でもない。さらには州でもなければイタリアでもなく、ヨーロッパですらない。感染症流行時の共同体と言えば、それは人類全体のことだ。（「もう一度、運命論への反論」、前掲書）

同じイタリア、あるいは同じヨーロッパだけでなく、遠く離れた地に住む人々に寄せる想像力が、言ってみればその「優しさ」が鮮やかで、自分の身の回りのことばかり心配しているわたしの視線を遠くまで連れて行ってくれました。

そしてその想像力の及ぶ先は「人類」に留まりません。著者は環境破壊が未知の病原体との接触の機会をもたらしたことを指摘します。

ウイルスは、細菌に菌類、原生生物と並び、環境破壊が生んだ多くの難民の一部だ。自己中心的な世界観を少しでも脇に置くことができれば、新しい微生物が人間を探すのではなく、僕らのほうが彼らを巣から引っ張り出しているのがわかるはずだ。（「あまりにもたやすい予言」、前掲書）

何を考えろって？　僕たちが属しているのが人類という共同体だけではないことについて、そして自分たちが、ひとつの壊れやすくも見事な生態系における、もっとも侵略的な種であることについて、だ。（「パラドックス」、前掲書）

面白く、と言っていいのかわからないと書いたのはこうした部分で、今この時を知るために読んだはずの本がわたしを遠いところへ連れて行ってくれたとき、本なしで自宅待機はできないなと、読書の楽しみを思い知るのでした。

差別と差別表現

2020年7月

『現代短歌』五月号の特集「短歌と差別表現」を、重要なテーマだと思って読み始めたはいいものの、すぐに嫌な予感がしてしばらく読み通せなかった。山下耕平の論考および加藤英彦・染野太朗・松村由利子の座談会から引く。

なんだか人の「皮膜」が薄くなっている。何気ない言葉がその薄い皮膜を通過して、人の内面を侵害してしまう。結果、人間関係が著しく傷ついたり、壊れてしまって、一度そうなると、修復も難しい。［……］

若者が傷つきやすくなったと言われ始めたのは、二〇〇〇年代に入ってからぐらいだっただろうか。いまや、その感覚は若者だけではなく、社会全体の空気感になってきているように思える。（山下耕平「皮膜の薄くなった私たちの「お庭」」、『現代短歌』五月号、二一頁）

松村　国語力の低下と言ってしまえば語弊があるかもしれませんが、SNS上で話題になっている記事を読むと、一首の読みがぶれているというのがいくつもありまして、必ずしも作者が意図した通りには読まれない。差別的な主体が反語表現で出てきて、差別って醜いものじゃないか、これを克服しようじゃないか、という歌なのに、差別だ、と攻撃されることはたぶんありうるだろう、と懸念します。インターネット時代における表現のむずかしさがそこに重なってきます。（「座談会　短歌と差別表現」、三二頁）

松村　三十年ほど前までは、本や文芸雑誌を買うか借りることでしか文学表現にアクセスできなかったから、実用語との区別がそこで明確にあったんですね。［……］二〇〇八年にツイッターが日本語で使えるようになってから、垣根がなくなった印象が強くあります。小説にくらべて、短歌などは簡単にツイートされちゃうじゃないですか。

加藤　ああ、そうか。

松村　「現代短歌」にこういう歌が載ってたけど、どうなの、みたいなことがすぐ拡散されてしまって、地続きというと表現がよくないかもしれませんが、誰でも、そして、ふいに、求めようと思わずにその一首と出会うということで、文学表現であっても日常の言葉に埋没してしまう。短歌表現がフラットになったとか、そういうことではなくて、日常の言葉とまぜこぜになって、一つの情報として不特定多数のひとに届いてしまう。誰かを傷つけるという配慮をどこまでしていいかが見えにくい。(三二―三三頁)

ここにあるのは、「言語に対する均質な理解を共有する閉じられたコミュニティの中で、差別について考えずに言葉を用い、誰からも糾弾されずにいたい、ましてや差別に過敏な「傷つきやすい」若者世代に非難などされたくない、そのコミュニティの中には被差別属性を持つ者は存在しないものとする」という意識ではないのか、と思う。「差別はいけない」と口では言いつつ、差別用語を避けるモチベーションとしてあるのは「糾弾されたくなさ」なのではないか、と感じさせるものがあった。

一応、松村の発言の趣旨としては、「反差別的な文脈において、必然性があって差別用語を反語的に用いた場合でも、差別用語の部分を切り取って拡散されてしまえば、それを目にして「傷つく」人が出てくる、それに対してどれだけ責任を負うべきか」

というものではあるのだけれど、それにしても「文学」共同体の特権性みたいなものが目につく。実際には、ツイートによって拡散されなくても、誰でも何かしらの形でマイノリティ的な属性は負いうるのだから、どんな狭いコミュニティにも、差別的な言葉で「傷つく」人はいるはずである。見えなくされているだけで。

ところでどの論者も、差別表現を目にして弱者が「傷つく」という言い方をしているのだが、差別表現の問題を言うのに「傷つく」という言葉では不足だと思う。

まず、言葉は使う者の認識を規定する。被差別者を抑圧してきた歴史を引きずった言葉を使えば、使い手の認識も無意識のうちにその歴史に呑み込まれていくことになるし、それを発話することで他者にもその認識が伝播する。そうした言葉は差別主義者の旗印にもなる。差別主義者同士の連帯を深め、差別をしてもいいのだというメッセージを公に発することになる。それを聞く被差別者は、傷つくというより恐怖を感じるだろう。発話者は無意識のうちに差別を内面化し、差別扇動に加担してさえいる、あるいは、差別語なんてどうでもいいとして、同じ言語を共有する仲間同士の連帯感やその中での面白さを人権よりも大事に思っている、と。被差別者には、差別により不利益を蒙り、人権を奪われ、文字通り殺されさえしてきた歴史があって、あるいは変わらぬ現状があって、あるいは現状は改善されてもいつまたそうなるかわからないという未来がある。そのことをどうでもいいとするような身振りは、被差別者には命の危険さえ感じさせるのだ。

そのことを理解した上で、反語的表現として、あるいは詩語として、差別表現を用いる自由はあるだろう。それは、その言葉を目にした被差別者のぞっとするような恐怖感と、その言葉を用いることによる効果を天秤にかけた上で後者を選び取ったのだ、ということは忘れないようにしてほしい。反語的表現として、あるいは詩語として用いているから無謬だということにはならない。無謬の表現がどこにもないように。そうした表現を批判する自由もまたあるだろう。

またどの論者も差別を個人の内面の問題に還元しがちで、差別語を用いることが差別の社会的な「実践」になるという意識が欠けているように思われる。内心において差別的な意識を持っているか否かよりも、加害的な言動を起こさないことの方が重要だ。染野は差別語について教育することが「寝た子を起こす」（三三頁）ことになるという懸念を示しているが（その後で「寝た子を起こすなというのは思考停止なんですよね、結局」（三八頁）と訂正してもいる）、差別に関して潔白な人間などいない。だからこそ、加害を押し留めるために差別について知り、考えていくことが必要なのだが、「意識」の潔白性にフォーカスしすぎると、現にある差別をないと言い張ることにつながっていく。

その上で、マニュアルを頼りに機械的に言葉を言い換えればいいというものではないというのは正論ではあるだろう。本当に必要なのは、まだ差別語リストにピックアップされていないものも含めて、すべての言葉に立ち止まるための、染野の言う「知的体力」(三四頁)だ。それが足りない場合には、マニュアルも役に立つ。ポリティカル・コレクトネスは絶対に正しいものではないが、意義はある（ポリティカル・コレクトネスについては、２０２０年１月にこの欄で書いた)。

文学において必要なのは、同時代のコンセンサスを超えたところで、試行錯誤しながら倫理を更新していくことであり、その意味において文学の倫理と社会的な倫理は乖離することがありうる、とわたしは思っているのだけれど、文学を盾に取って「文学は倫理的でなくてよい」と言いたげな論調が世の中には目だつ。加藤の「差別性を争って来るときはだいたい生活語のレベルで言ってくるので、文学表現の是非は問題にはならないんですよね」（三七頁）といった発言における「文学表現」も、何を指しているのか不明瞭で、差別性を正当化するために用いられているように見えた。

また、特に気になるのが、讃美という形で現れる差別に鈍感である点だった。

加藤　どちらであったとしても、相手を〈私〉とは異なる存在と意識したところから差別が生まれる。区別ではなく差別なので、自分より劣位の存在として意識しはじめるのですね。人種とか性とか出身地とか、単なる属性のちがいなだけなのに、彼らもぼくもまったく同じじゃないかという視点をどこかで忘れてしまう。（三一頁）

この発言にはいくつかの問題があって、差別を構造ではなく個人の意識の問題に矮小化しているし、同じ人間なのだから差別してはいけないという論理は、理解できない他者を簡単に「同じ人間」というカテゴリから排除することにつながりかねず、差別に反対する論拠としてはナイーブに過ぎる。それだけではなくて、「自分より劣位の存在として意識」することだけを差別と見なす考え方、これはこの座談会全体に漂っているものだ。実際には、称賛や神聖化というかたちで現れる差別や搾取は数え切れないほどある。女性は「天女」のようなものだとしてニューウェーブ歌人の数に数えられなかったのは記憶に新しいし、性的少数者は芸術的な天分があるとか、アフリカ系の人は足が速いとか、そうした言説は枚挙に暇がない。

齋藤史の〈くろんぼのあの友達も春となり掌を桃色にみがいてかざす〉について、染野は次のように述べる。

染野　齋藤史の「くろんぼ」の歌はぼくはグレーだと思うんです。この歌は「くろんぼ」賛歌に見えますよね。見えるんだけど、「桃色」との対比に使われちゃっているところがぼくは嫌な感じがします。（三九頁）

染野　ぼくが気になった近代の歌を何首かあげると、

ふくれたるあかき手をあて婢女《はしため》が泣ける厨《くりや》に春は光れり

北原白秋『桐の花』（一九一三年）

円山の長椅子《べんち》に凭りてあはれにも娼婦のあそぶ春のゆふぐれ

吉井勇『祇園歌集』（一九一五年）

二十《はたち》からしたの少女《をとめ》をわれは好きまつしろい雲を見おくつてゐる

石川信雄『シネマ』（一九三六年）

どこか牧歌的だし、「春は光れり」「春のゆふぐれ」と言うことによってまるでそのひとたちを讃えているかのようにも読めなくはないんですが、根本的な問題があって、それはその対象を「婢女《はしため》」「娼婦」「二十《はたち》からしたの少女《をとめ》」というふうに、属性を一方的に与えてひとくくりに見ちゃう、カテゴライズしてしまうまなざしだと思って

いるんです。（三九頁）

染野は被差別者への「賛歌」自体には問題がない（他の点で問題があるにしても）と思っているようだけれど、他者に勝手に美しさを見出して讃えるということ自体暴力的であり搾取ではないのか。「二十からしたの少女をわれは好き」なんて、当人にとっては牧歌的でも、「二十からしたの少女」にとってはぞっとするとしか言いようがないと思うのだけれど。

編集部　牧水の「秋田美人」はどう読まれますか。

名に高き秋田美人ぞこれ見よと居ならぶ見れば由由しかりけり

若山牧水『朝の歌』（一九一六年）

松村　牧水は歌数が多いですから、なかにはこういう歌もあるし、ご当地賛歌としても読めるでしょうね。（四〇頁）

女性が美しい飾りとして、「ご当地」の名産品のように褒めそやされることが差別でなくて何なのか。

松村　「美人」で思い出すのは、

太ってて暗いけれども本当のあなたは綺麗と言われ疲れた
山川藍『いらっしゃい』（二〇一八年）

カテゴライズは差別を考えるうえで大事だとわたしも思う。太っているというカテゴリーに入れられるとか、そういうことを押し付けられるときの痛みはよくわかります。

この歌で重要なのは、「太ってて暗い」と言われたことよりも、「綺麗」であることを期待され強いられることへの屈託の方だと思う。「太ってて暗い」ことによって「美しさ」への圧力から解放されていたはずが、隙あらば女性に「美しさ」を見出そうとするまなざしは、そんなことでは放してくれない。そのことに作中主体はうんざりしているのである。

加藤　例えば「盲《めしひ》」や「聾《みみしひ》」という言葉にある美しさを感じる感性があって、それは実用の言葉ではない文学的な、あるいは美学的な選択として「このことばは動かせな

い」と思ったとき、ぼくたちは自らの差別性とどう向き合うのか、染野さんはそのあたり、どうですか。（四二―四三頁）

差別語が美しいというのは充分にありうる話である。差別のはたらきとして、他者に美しさやロマンティシズムを勝手に見出して搾取するというのが確実にあるのだから。

松村　もう一つ、女性の状況に関わる言葉で、「処女《おとめ》」に注目したんですが、近代歌人も塚本邦雄などもよく使っていますよね。もともと「処女」はニュートラルな美しい言葉だったから「処女地」「処女航海」「処女出版」等の言葉もあったわけで、未踏の地みたいな清らかなイメージだったのに、セクシャルな意味が先行することによって、「処女」という言葉のもつ本来的なイメージが変容してしまったのではないでしょうか。（四三頁）

その「清らか」で「美しい」イメージというのは、それが開拓され、他者のために役立てられ、失われるべきものであるという含意込みで成立している（そうでなければ「処女地」なんておぞましい言葉は生まれない）。性的なまなざしはもとからあって、現在はただ神聖化の意味合いが薄れただけだ。

「美しさ」の消費について、短歌に関わる人はもっと考えなければいけないのではないか、とずっと思っている。短歌は他者のありようを美しく切り取って読者の共同体にそのまま差し出してしまうということをよくやるからだ。何かを、誰かを美しいと思い讃えようとするとき、そこには他者を消費する暴力性がある。

この座談会において一番誠実に思えたのは染野の姿勢だった。染野はインターネットの普及によって他者からアクセスされやすくなり、自分の発言のいちいちを顧みざるを得なくなった現代を「おそらく、これはいい時代なんだとぼくは思うんですね」（三四頁）と評価している。

染野　何かを言ったとたんに、これを言ったら誰かが傷つくかも、とか、わたしのこういう思想が表れちゃったかも、とか、内省すればするだけ底が見えない、無限の内省ループに入っていくのは確実で、おそらく、これはいい時代なんだとぼくは思うんですね。ただ、われわれの知的体力みたいなものには限界があるし、すべての情報にアクセスすることはできないから、繊細さが求められるということと自分の知的体力

との乖離に悩んだりはするだろうな、と思います。(三四頁)

現代を「窮屈な時代」と片付けるのではなく、考え続けることを自らに課す染野の姿勢は真摯に思える。

冒頭で引いたいくつかの発言からも見られるように、現代は「今まで考えなくて済んだことを気にしなくてはいけなくなった、窮屈な時代」と捉える向きが多い。でも実際には今までも問題はあって、見ようとしていなかっただけなのだ。

身体、とりどりの

2020年9月

角川『短歌』一月号から新しく「青年の主張」というコーナーができた。前からある「親父の小言　現代短歌指南」の隣である。その第五回で、山階基は「親父の小言」に対する批判を展開している。

また、タイトルに「親父」とあるので女性の書き手の姿を想像しがたく、二十七回の連載を見たところ実際まだお書きになった方はいないようです。まさか、女性は「ベテラン歌人」には含まれず、企画を「ご用意」されることはないのでしょうか。そうではないのであれば企画タイトルが悪い。まず看板だけでも変えましょう。それから執筆者の幅をずっと広げてください。
歌壇は、こういうのがまかり通るところが最悪です。（『短歌』五月号、一六九頁）

「親父の小言」もだが、「青年の主張」もずいぶん嫌味なタイトルだ。年配の男性は指南と称して若者に小言を垂れ、若者は青臭い主張を叫ぶ——そんなステレオタイプそのままであり、山階の指摘する通り年配の女性の存在はステレオタイプからも零れ落ちる。この看板の下で発した声は全部、既存の「年配者」「若者」像に回収されてしまうしかない。そして「親父の小言」にも「青年の主張」にも、揶揄めいた、真面目に聞き届けられることのないもの、という響きがあって、筆者の見解や思想を読者にきちんと伝えるための枠だとしたらずいぶん不適当だと思う。

わたしも歌壇に対して物申したい若者の一人ではあり、だからこそ、それが若さゆえのはしかのようなものとして微笑ましく片付けられてしまいかねないことに警戒心を覚えている。若者は青臭い理想を語るべし——というような、外部からの期待によって、「若さ」が演壇に上がらされ、消費されている感じがする。スポットライトを当てられているのは、主張の内容ではなく、「若さ」そのものだ。

若手にももっと発言の機会を与えようという意図のもとに設置された新コーナーではあるのだろう。実際、歌壇は年功序列が過ぎる。その一方で、あるいはそれと表裏一体の現象として、歌壇では「若さ」がもてはやされすぎているようにも感じる。「若手」や「女性」に発表の場を与えようとするとき、「若手」や「女性」としてパッケージ化し、そこに変な色をつけて差し出してしまうことが少なくないように思われる。『短歌研究』には二〇一七年まで毎年二月に「相聞・如月に寄せて」と題して女性歌人に相聞歌を詠ませる特集があって、それもおそらくは女性歌人の活躍の場を増やすための企画だったのだと思うのだが、殊更に女性に「恋愛」を期待することは、恋愛至上主義的なイデオロギーの強化であり、（公＝男／私＝女という二分法において）恋愛という「私的」領域に女性を閉じ込めることでもあったから、なくなってよかったと思う。『短歌研究』といえば、三月号の女性歌人特集、五月号の男性歌人特集という区分が今年からなくなって、五月号の「新作作品集」となったのもよい変化だった。

小原奈実は「青年の主張」の第二回で、やはり「親父の小言」や相聞特集を「これらの企画は、各歌人のジェンダーアイデンティティーを勝手に決めつけたうえで、年齢や性別といった属性に対するステレオタイプや、性別二元論などの社会規範を無批判に適用し再生産している」（『短歌』二〇二〇年二月号、一四九頁）と批判した上で、こう述懐する。

私は短歌を作り始めたとき、誰に読んでもらえるあてもなかったにもかかわらず、自分に筆名をつけた。言葉のうえでのみ存在する一つの人格として、自らの社会的属性から少しでも独立できるかもしれないという無意識の期待があったのだと思う。それがいかに浅はかな期待であったたか。この身体を提げて歌会に出れば度々、「若いうちに相聞を作れ」と注文をつけられ、歌に「きみ」と書けば暗黙のうちに、男性の恋人を指すものと見做された。既存の規範やステレオタイプに沿う読みしかされないならば、私の歌に何の意味があるのだろう。(同)

「若手」「女性」と括られ、消費されることへの嘆きは深い。

「若さ」と「女性」の消費という話題で、思い出すのは睦月都による『短歌』の歌壇時評、「女という主体」だ。睦月は小原の〈老いてわれは窓に仕へむ　鳥来なばこころささげて鳥の宴を〉や大森静佳の〈老けてゆく私の頬を見てほしい夏の鳥影揺らぐさなかに〉を取り上げ、「老い」を夢見るこころについて論じる。

女性の歌に、救済としての「老い」を見ることが多くなった、ように思う。ここではないどこかへ連れていってくれるもののように、「老い」というその言葉にはどこか甘やかな憧れの感覚が漂っている。それはまた、若さこそが価値とされる旧来の社会規範の静かな拒否でもあるだろう。彼女たちは「若さ」から解放された存在を想い、遠い時間を夢見ている。(『短歌』二〇一九年十一月、二二一—二二二頁)

はやく年を取りたいという願いは、「若さ」が殊更にもてはやされ、消費される歌壇の環境と無関係ではあるまい。睦月はこうも指摘する。

「若さ」も、「青春」も、その時々にはまるで無上の価値を持つようにもてはやされるが、結果としてはそれはその対象を客体化し、消費しやすくしているだけだったりする。(二二三頁)

わたし自身の経験でも、「若い女性」であるということで場に華を添えるもののように扱われたり、失礼な態度を取られたりしたことは枚挙に暇がない。短歌の世界においても、外の世界においても。

*

足がいっぽん足がさんぼんいくらでも匿えるスカートは宇宙《そら》だから
踊ろうよわたしの炎《フレア》スカートと、あなた、ひとまず鏡を置いて

佐藤弓生の連作「スカートになりたい」から引いた。スカートというと一般的には「女性性」の象徴のように捉えられるけれど、このスカートは大きく広がり、男女の別を超えて人間もそうでないものも優しく包み込む。『ねむらない樹 vol. 4』の特集「短歌とジェンダー」の座談会においても、佐藤は「ジェンダー問題に触れていると思われる自作」として、〈さくらばなほろほろほろぶ男たちスカートはいて駆けておいでよ〉を挙げている。女性が多く身に着けているものをジェンダー的に有徴と見做して、中性的（その実男性的）であることを目指すのではなく、女性に属するとされるものをジェンダーの呪縛から解き放とうとする軽やかさを感じた。

この連作が収められているのは、長田杏奈責任編集『エトセトラ Vol.3 私の私による私のための身体』（エトセトラブックス、二〇二〇年）である。男性のため、子供を産むためといったまなざしを引き剥がして、女性の身体を女性自身の手に取り戻そうとする、フェミニズムの観点から編まれた一冊で、カバーする範囲はファッションから性暴力まで幅広い。

感染症の流行下に発行されたこの本の冒頭、「はじめに——不要不急ではない身体」と題された文章において、長田は女性の身体を巡る問題に向き合うことが「今」必要であることを喝破する。

「今それどころじゃない」と言われ続けて、もう何年、いや何百年経ったのだろう。一七八九年、フランス革命によって勝ち取った人権宣言の中で、女は「人」にも「市民」にもカウントされていなかった。何かにつけてミューズだ母性だなんだと崇め奉るわりには、デフォルトで同等には扱われない罠。昔のフランス女性は大変だったね、で済ませられる話ではない。二〇二〇年、「フェミニズムの時代は終わった、これからはヒューマニズムの時代だ」と言われた時、そのヒューマンの中に女性が含まれているのかが疑わしい。(四頁)

平時に女性の身体にまつわる問題の解決を先送りにしたがるメンは、緊急時はより露骨になるものだ。無理解も無配慮も火事場においてなぜか正当化されるお門違いの性欲や暴力も、うっとりと語られる大言壮語や、「みんなで力を合わせて」などのお題目や美談に覆い隠されてしまう。(五頁)

　そして今この時、地球上を同時多発的に襲ったコロナ禍は、それぞれの国や文化の問題点を容赦なく浮き彫りにしている。もし時代が違ったり、日本だけに起きた災いであったなら、さまざまな不条理を「仕方ない」「こんなものだろう」と飲み込んでしまったかもしれない。でも、私たちには「他の国ではどうも様子が違うようだ」と気づくことができる比較対象も、離れた仲間と繋がり情報を取りに行く術も、女の身体に貼られたレッテルを破り捨て刷り込みを片っ端からアンインストールするフェミニズムの連帯もある。(七頁)

そう、平時から無視される女性や社会的弱者の問題は、緊急事態下において、より一層覆い隠されることになる。

五月に友人たちと、「ユニコーンはここにいる」と題して、noteというプラットフォーム上で「フェミニズム」と「クィア」をテーマとするウェブメディアを始めた。かねてから計画していたことだったが、時期がちょうど緊急事態宣言真っ最中にあたっていた。「世の中が大変なことになっているときに、そんなことをしている場合なのだろうか」という迷いが生じていることを仲間に話すと、「私は今だからこそやる意味があると思ってるよ」と心強い返事をくれた。

不甲斐ない話である。いつだって、フェミニズムもクィアも、「不要不急」なんかではないことはわかっていたはずなのに。

＊

身体といえば、石川美南『体内飛行』が第一回塚本邦雄賞を受賞した。

塚本邦雄賞は「第二歌集以降」を対象として新たに設立された賞である。第一歌集に注目が集まりがちな中で、第二歌集以降を評価する賞が出てきたことは喜ばしい。

この歌集は、『短歌研究』誌上に定期的に連載された歌を集めたもので、それぞれの連作は体の一部分をテーマにしている。


中学生の頃が一番きつかつただらうな伏目がちのメドゥーサ

「メドゥーサ異聞」

遠視性乱視かつ斜視勉強はできて球技がすこぶる苦手
恋人は一笑に付す　真夜中の手に別人の棲む物語

怪しいとすれば左手　不本意に震へて床《ゆか》に水をこぼす手

「分別と多感」

弱つてもわたしは食べる　夕暮れの柳葉魚に振つてある粗い塩

「胃袋姫」

心より先に体が太りだし鯖味噌にぎり両手にて食む
閉ぢていゐた皮がめくれて（右）（左）違ふ星から来た目が覗く

「エイリアン、ツー」

たとえば、「メドゥーサ異聞」なら目がテーマ。〈遠視性乱視かつ斜視〉の主体は、見る者を石にする目を持つ〈メドゥーサ〉に重ねられる。「分別と多感」のテーマは手。「胃袋姫」はその名の通り胃、「エイリアン、ツー」は皮膚である。

クローズアップされた身体の部位は、それ自体が独自の生命を宿しているかのように、〈わたし〉のあずかり知らぬところで勝手に動き出す。メドゥーサは自分の目の力を制御できずに伏目がちになるし、左手は勝手に震え、胃袋は心とは裏腹に食物を欲し、皮膚はめくれて覆い隠していたものをあらわにする。

思う通りにならない身体の不如意さは、しかし苛立ちではなく驚異を持って、小さな奇跡のように受け止められる。目や、手や、胃袋や、皮膚は、〈わたし〉という劇を構成する登場人物たち——というより、それぞれまるで別の物語のようで、それらを統括するのに苦労しつつ感心して眺めている〈わたし〉は脱線の多い劇にしてその観客なのである。身体とは他者であり、〈わたし〉は他者の集合体なのだ。そのことが、それぞれ独立した物語のような連作群を通して体感される。
だからこそ——各連作をつなぐ軸として、恋、結婚、妊娠、出産というライフイベントが提示されていることに、わたしは戸惑いを覚えてしまう。

ひとりへの傾斜怖くて暗がりに踏み出すときは手すりに頼る

「分別と多感」

試着室に純白の渦作られてその中心に飛び込めと言ふ

勘違ひだらうか全部　判押して南東向きの部屋を借りる

慣れてしまふ予感怖くて皮膚といふ皮膚掻きむしりながら入籍

「北西とウエスト」

ホセ・ドノソの新刊を読みかけたまま小さなトリを宿して歩く

「エイリアン、ツー」

ぴんときてはゐないがちやんと産みたいと航海図読むやうに何度も　「トリ」

無論そうしたライフイベントを歌った作品にも秀歌は多い。印象的なのは、それらの出来事への違和感や抵抗感を（面白がりつつ）抱えている歌たちだ。一人の人間へ傾いていく心は、階段を転がり落ちるのにも似て危なっかしいし、ウェディングドレスは着るものではなくて飛び込んでいかなくてはならない渦だ。そうやって直線的に進んでいくことに一首一首の歌は抵抗し、立ち止まろうとする。〈勘違ひだらうか〉とつぶやき、状況に慣れることに抗って皮膚が存在を主張する。胎児は〈トリ〉と呼ばれ、まだぴんと来ない存在だ。

けれどその軸の上に置かれたとき、ばらばらだった身体は子供を産むという目的に向かって統合されていってしまうようで残念であり、身体の奇怪さは妊娠・出産する（「女性」の）身体の神秘に還元されてしまいそうで不安になるのである。

そういう読みが、わたしの杞憂であったらよいなと思う。

連作や歌集について「物語」「ストーリー」という言葉を用いるとき、（作者と同一視しうる）主体の人生の軌跡が描かれていることを言う場合が多い。けれど石川の場合の「物語」というのは、そうした「作者のプロフィール」読みとは反対の方向にむかうもの――作者のプロフィールによって補完されることを求めない、完結した世界を作品内に立ち上げるものであった。あからさまに非現実的なものでなく、日常を題材としていても、フィクションとしての印章がたしかに捺されていた。それゆえに、各連作を統括する「実人生」という軸の存在に――「「体内飛行」というタイトルに思いがけず実人生が追いついた」（一二三頁）というあとがきに――それが実人生であるかどうかなどわからないように騙してほしかったという寂しさを覚えてしまうのだ。

第一歌集点景

2020年11月

二〇二〇年の夏には、いま注目を集める若手の第一歌集が相次いで出ました。今回はその中から、阿波野巧也『ビギナーズラック』(左右社)、榊原紘『悪友』(書肆侃侃房)、鈴木ちはね『予言』(同)を紹介したいと思います。

阿波野巧也『ビギナーズラック』は「都市」の歌集です。作中主体は都市に暮らす若者で、都市の様々な景物に心を揺らされながら生きています。

だらしなく降る雪たちにマフラーを犯されながら街が好きです
「ワールドイズファイン」

冬のひかりにぼくの体があたたまる　都会で暮らしていたいとおもう
「cube」

〈ぼく〉は屈託なく〈街が好き〉〈都会で暮らしていたい〉と宣言します。

街だって自然だし造花だって咲いてるよ。　どうしてぼくだけがぼくなのだろう

「ワールドイズファイン」

短歌には自然詠というジャンルがあります。自然と言って思い浮かぶのは、植物や動物、山野でしょう。そして、自然詠とは別に、都市詠というジャンルがあります。しかし、『ビギナーズラック』では、都市詠は自然詠と重なり合っています。右の歌は、造花の咲く都市も自然だと告げています。たしかに人間も自然の一部であり、人間の作った都市も自然のはず。そして都市で生きる人にとっては、都市という環境も自然環境の一種でしょう。阿波野の都市詠には殊更に現代性を目指すような気負いはなく、都市という環境に生きる人の繊細でどこかノスタルジックな叙情があります。

立つままに解体されるマンションのすき間すき間に夕光《ゆうかげ》はふる

「シティトライアル」

それでも町は生きものだからいい　ぼくの自転車がない　でも、だからいい

事故の形にガードレールが歪んでる交差点にもあるんだ月は

その名も「シティトライアル」と題された連作から引きました。自然詠と都市詠という区別がない、と感じられるのは、たとえば一首目のような歌です。木漏れ日が描かれるようにうたわれるのは、解体されるマンションの隙間に差し込む斜陽。〈立つままに〉という措辞が、進行してゆくマンションの解体を、時間の経過を含めて細やかに捉えています。

〈町は生きもの〉という把握にも、都市を自然として見るまなざしが生きています。都市は人間が構成するものであり、生きた人間の営みの結果、都市自体が生きているかのように絶え間なく変化が起きています。その変化のひとつとして、駐めておいたはずの自転車がなくなっている。移動させられたのか、もしかしたら盗まれてしまったのか。〈ぼく〉はその決してポジティヴではないはずの変化をも都市の魅力のひとつとして受け止めるのです。〈それでも~いい〉〈でも、だからいい〉という繰り返しと、二箇所の一時空けに、ほのかに酩酊したような多幸感が漂います。

あるいは、事故で歪んだガードレール。ここには、事故という言葉から漂うはずのいたましさやかなしみはなく、ただガードレールが既視感を喚起する都市の風景のひとつとしてかろやかに切り取られています。〈事故の形〉という言葉で、現在目に見える形と、かつてあった事故の瞬間とが二重写しになります。〈街だって自然〉の言葉通り、そんなガードレールをも月が照らしている。

夕立がふれば冷たくなる都市の、あまねく都市の排水機構
「冬の炭酸」

夜と夕暮れのあいだにくっきりと光を溜めて立つ新書店
町じゅうのマンションが持つベランダの、ベランダが生んでいく平行
「生活の修辞学」

電柱がわりと斜めに伸びていることに気づいた　みたいに好きだ

たとえば、見えないところで都市中に張り巡らされている排水機構。たとえば、夜の迫る夕闇の中、ふたつの時間を隔てる境界線のように光を放つ書店。たとえば、無限に増殖していくようなベランダの描く幾何学と、無機質なまでにまっすぐなものと思われがちな電柱の意外な傾斜。〈ぼく〉が美しさを見出すのは、そうした都市のすがたです。

夕暮れはぼくの中までおとずれて郵便局を閉ざしていった
「寿司以降の color space」
ぼくの気持ちは２４時間営業のお店でぐちゃぐちゃに座ってる
「たくさんのココアと加加速度」
憂鬱はセブンイレブンにやって来てホットスナック買って食べます
「Sit in the sun」

都市は〈ぼく〉の中にもあります。〈ぼく〉の中の郵便局と、〈ぼく〉の外の夕暮れ。ふたつの街をつなぐのは、無論〈ぼく〉の存在です。内なる街と外の街が切り結ぶところに〈ぼく〉という存在は成り立つ、とも言える。前に引いた〈街だって〜〉の歌の、〈どうしてぼくだけがぼくなのだろう〉というつぶやきも、街をキイとして〈ぼく〉という主体が立ち現れる瞬間を切り取っています。また、〈ぼくの気持ち〉や〈憂鬱〉は擬人化され、〈ぼく〉の中の〈２４時間営業のお店〉や〈セブンイレブン〉を訪れる。〈ぼく〉と街が入れ子になっているかのようです。

見てきたことを話してほしい生まれ育った町でのイオンモールのことを
「スペシャルサンクス」

ほどほどの川が流れているほどの地元があなたにもあるでしょう？
「凹凸」

他者と関わるときも、〈ぼく〉は相手の背後にある生まれ故郷の街を含めて愛しているようです。想定されているのは、「ふるさと」という言葉で思い浮かぶような田園風景ではなく、イオンモールがありさして大きくはない川がある郊外の町並みです。それはどこにでもあるような見慣れた風景として思い描かれていて、それでも〈ぼく〉は、語らなくてもその景色はもうわかっているという態度は取らない。むしろ、その景色がすでに共有されているという事実を愛おしみながら、なお〈話してほしい〉と語りかけます。それは作者が都市を詠おうとする態度に通ずるものでしょう。多くの人がたやすく思い浮かべられるような、しかし言葉にされなければたしかに気付かなかったような細部を湛えた景色を歌にして伝えること。『ビギナーズラック』の都市詠がしようとしていることはそれでしょう。

四角いケースを背負った女の子のたぶん楽器だな、抜けていく改札
「寿司以降の color space」

引用した歌からわかる通り、『ビギナーズラック』のもうひとつの特徴に、話し言葉を忠実に写し取ったような口語があります。右の歌では、〈四角いケースを背負った女の子の抜けていく改札〉という風景描写に〈たぶん楽器だな〉という心の中のつぶやきを差し挟み、意識の流れを可視化していてテクニカルです。その自然な口語につねに音楽性が内在しているところも魅力のひとつでしょう。

おなじ口語でも、榊原紘『悪友』はもっとテンションの高い、熱のこもった口語です。たとえば左の歌を見るだけでも、その体温の高さがわかります。

楽になってほしいだなんて　憎しみの眼窩に嵌まる月をください
「生前」

〈楽になってほしい〉はおそらく第三者の台詞でしょう。憎しみを温める作中主体に対して、善意のつもりで投げかけられる、「憎しみを捨てて楽になってほしい」と

いう言葉。作中主体はそれを跳ねのけて、自分の憎しみによく似合う輝きを求めます。眼窩には目が嵌まっているように、憎しみには闇ではなくて光がふさわしいと作中主体は思っている。たとえ苦しくとも、自分の憎しみを手放さず、より煌々と輝かせようとする――憎しみの美学をうたった歌といえるでしょう。

その程度、といつか言われていたことも槍をするどくするひかりだと

「幽霊とスノードーム」

作中主体は自分のこころを〈槍〉として研いでいます。〈その程度〉、とかつて軽んじられたこと、それもまた自分の憎しみを美しく研ぎ澄ますための〈ひかり〉と捉える作中主体は、憎しみを大事に胸に懐き続けようとしているのです。

逃げ果せて　此岸のどんなうつくしい秘鑰《ひやく》を渡されそうになっても

「幽霊とスノードーム」

作中主体が憎んでいるものは何か。それは「現世」でしょう。秘鑰、とは秘密を解き明かす鍵のこと。この世を解き明かす美しい鍵が渡される、それは滅多にない素晴らしい機会のように思われますが、作中主体は相手に、それを受け取らないでほしい、と願っています。それどころか、その鍵が罠であるかのように、逃げてほしい、と。作中主体が警戒しているのは、相手がこの世と癒着してしまうことです。一般的に考えたら祝福されるべきことが起きて、この世と和解してしまいそうになっても、どうか軽々と彼岸へ逃げてほしい、と願っているのです。

「猫はどこへ行く」

祝福を　花野にいるということは去るときすらも花を踏むこと

〈祝福〉と〈花野〉はごく順接的な結びつきに見えます。しかし、この〈花野〉には屈託があります。肉体を持って現世にいるということは、花野にいても花を踏むしかなく、そこからどこへ行くにも、去るときでさえ、花を傷付けずにはいられないということです。楽園は花野のようなものとしてしばしば想像されますが、右の歌の花野は人間のための楽園ではない。人間は花野の一部にはなれません。だから、祝福を求めるしかない——と考えたとき、初句の重さが感じられてくるのではないでしょうか。
現世を憎むことの裏返しとして、『悪友』には、他者への強い執着があらわれます。同じく現世を憎み、ともに世界に背を向けるバディとして、他者に信を託しているようです。だからこそ、単なる「友」ではなく、「悪」の字を冠する必要があったのでしょう。

悪友の悪の部分として舌が西陽の及ぶ部屋でひかった　「悪友」

看板を読みながらゆくアーケード商店街は亡国のよう

二人で歩いていくことで、かれらは商店街を〈亡国〉に変えてしまいます。「悪友」にはそんな、反逆者めいた面影があります。

立ちながら靴を履くときやや泳ぐその手のいっときの岸になる　「悪友」

宇宙船みたいな水上バスがゆく　なにを忘れてくれてもいいよ

降車してすぐに電話をくれたってわかるよ　生きることが私信だ
麦チョコの大きめの麦ばかり取るきみを気に入る現世だったと

「悪友」には右のような、他者への強い思いが煌めいています。〈いっときの岸〉と言い、〈現世〉と言うとき、〈きみ〉とともにある短い時間が火花のように光を放ちます。その短さに目が行くのは、ほんとうは永遠を望んでいるからでしょう。〈なにを忘れてくれてもいいよ〉と言うのは、どうでもいいからではなくて、相手を束縛したくないという強い願いがあるからです。〈降車してすぐに電話をくれた〉だけで、作中主体は相手が生きていること、だからこそ〈私信〉をくれることができることに感動します。

戯れに花を買ったらへんてこな花言葉ばっか言ってくるやつ　「戯れに花」

他者を描いた歌では、右のような歌もユーモラスで素敵でした。でたらめな花言葉を言って笑い合う、友人同士の距離感がキュートで魅力的な歌です。

雪柳　きみの死に目にあいたいよ　ジャングルジムの影が傾いで　「名画座」

眼瞼が垂れていくのを見ていたいその先にある死後の荷解き

ああ今がきみの生前　林檎飴持ちかえてから手を取ってみる　「生前」

他者への思いは、生と死、此岸と彼岸の境をきびしく見据えるまなざしへと転化します。現在とは〈きみの生前〉であり、未来とは〈きみ〉が老いていく時間であり、その更に未来に〈きみの死に目〉がある。生も死もすべて〈きみ〉を基準点として並べられ、作中主体は〈きみ〉の時間のすべてをあまさず見届けたいと希求します。生と死のすべてが〈きみ〉の存在（あるいは不在）によって理解され、〈きみ〉への思いを通して現世と他界への意識が澄み渡る、という点では、大森静佳の『てのひらを燃やす』（角川書店、二〇一三年）に通じるものがあると言えるでしょう。

生きている間しか逢えないなどと傘でもひらくように言わないでほしい

生前という涼しき時間の奥にいてあなたの髪を乾かすあそび

大森静佳「器」『てのひらを燃やす』

「裸身ということ」同

鈴木ちはね『予言』は、『悪友』と同じく第二回笹井宏之賞を受賞して出版された歌集です。『ビギナーズラック』の音楽性とも、『悪友』の激情とも無縁な、乾いて淡々とした口語が特徴的です。

『予言』の中では、「感情のために」という連作に注目しました。二〇一六年に当時の天皇によって行われたスピーチを詞書に引用して構成された連作です。「感情のために」というタイトルは、そのスピーチが天皇の「お気持ち」の表明と言われていることに由来するのでしょう。

黒人を走らせるのは卑怯だと祖母が言い母も同調する

右の歌には、〈戦後七十年という大きな節目を過ぎ、二年後には、平成三十年を迎えます。〉という詞書が付いています。

ひとつひとつの歌を詞書と関連付けて読むのは困難であるように思えます。しかし一見無関係な両者を結び付けて読もうとするとき、実はどんな短歌の背景にも天皇制や天皇の言葉がエコーしているのではないか、いや、むしろ短歌の方が天皇の言葉のエコーなのではないか、という思いが萌してきます。あらゆる短歌の背景に、亡霊のように天皇制がつきまとっているのではないか、それを読むことなしに短歌を読むことはできないのではないか、そう思わされる連作でした。

〈普通〉の渦からの奪還

2021年1月

大森静佳『この世の息　歌人・河野裕子論』（角川書店、二〇二〇年）を読む。〈家族〉や〈難病〉といったわかりやすいストーリーとともに消費されがちな河野裕子の歌を、一首一首テクストに沿って精読していく論考で、わかりやすさよりむしろわかりにくさを、河野の歌の奇妙さや不思議さ、不穏さを再発見していくような足取りが印象的であった。

たとへば君　ガサッと落葉すくふやうに私をさらつて行つてはくれぬか

河野裕子『森のやうに獣のやうに』

たとえばよく知られたこの一首。やや乱暴な中に瑞々しさが光る青春詠だが、大森はこう指摘する。

ただ、『森のやうに獣のやうに』を一冊通して読むと、こういった爽やかで眩しい青春歌は例外的なものだということがわかる。ふるさとの井戸を覗きこむような不思議な暗さ。私がこの歌集を読んで感じたこの得体のしれぬほの暗さを、少しずつでも読み解いていければと願う。（一三頁）

そして、歌集前半に置かれた、自律神経を病んで入院していた頃を詠った歌群と並べ、その文脈から次のように読み解いてみせる。

歌集冒頭からのこのような流れを受けて眺めるとき、「十八歳」の直後の連作「青林檎」の中のこの歌は、単に恋愛の相手に積極を促しているという意味には留まらないように思える。「さらう」という動詞は、意味的には「連れて行く」などとは違ってむしろ「奪う」に近く、さらわれる「私」の側に何らかの枷となるものがあることを暗示している。やはり、病気のため同級生から一年遅れてしまう寂しさと不安、入院生活の苦しみ、そして薄ら寒い「家」や故郷に縛りつけられた日々、そんなどうすることもできない現実からの脱出が「君」への思いと重なりつつ願われていたのではなかったか。

純粋に恋の歌として読んでも十分に魅力的だが、実はもっと悲しい、もっと切迫した歌ではなかったかと思うのだ。そうして読むと、相手に指を突きつけるような初句の力強さ、若さの傲慢さが活きてくる。（一五―一六頁）

昏いものを水底から掬い上げてくるようなこのまなざしは、『森のやうに獣のやうに』という題そのものにも及ぶ。表題歌が収録されているのが、中絶された子供をめぐる連作「みづ」であることに大森は注目する。


「みづ」という表題にも通じて印象深いのは、この森にあるとされる湖（のようなもの）の水面に空の夕映えや幼い死者たちの足裏が映る光景だ。「水にぬれたる青き夕映え」、「水のみの映せる時空の暗がり」など、空を映す水面のこの美しさ。一首目「水満つる胸」や七首目「満ちてくる胸の高さの水寒し」などから、この湖のまわりを漂っている稚い死児たちに逢おうとして、「われ」が水中に身を浸していくかのようにも読める。

『森のやうに獣のやうに』の表題歌「森のやうに獣のやうにわれは生く群青の空耳

研ぐばかり」の歌の前後に、このような悲しい世界が広がっているということを、改めて思う。この歌集題の「森」は、ほかでもなくこの死児の湖のある青い森のことなのだ。涼しく死児たちを抱きこむこの森のように、いつまでも彼らの声に耳を澄ませていたい。そして、死児たちが漂う湖を獣となって歩き回り、その喪を詠いたい。

[……]この豊かな森のように、生とともに死をも抱いて歩いていく。『森のやうに獣のやうに』という歌集題は、そのような悲しい決意をこめた宣言だったのではないだろうか。(二九―三〇頁)

青春歌(集)という、美しいがたやすく消費される位置付けから歌(集)を救い出す、するどく鮮やかな読みではないだろうか。

＊

河野裕子のキイワードのひとつに、「母性」が挙げられる。「母性」とは厄介な言葉である。それはしばしばすべての女性に普遍的な性質であるかのように語られるからだ。女性はすべて潜在的に母となる(べき)存在であり、すべての母に共通する理想的な性質を備えている――。そうした言説は、女性に子供や男性のケア要員といった役割を押し付けるのに都合よくもちいられている。

しかし大森は、河野の「母性」を「女性一般」から注意深く切り離し、かなり特殊な、河野独自の概念として展開する。

河野の「母性」は、女性であれば誰もが生まれつき持っているなどという種類のものでもないし、個人の産む、育てるという体験に執着するものではない。自身の裡の身体感覚に基づいて生命の混沌へと錘をおろす、ひとつの確かな思想であった。これは、歌と散文を書き進めるなかで、若かりし河野が全力で摑みとってきた主題だった。

（六七頁）

こう断定することによって、大森は河野の「母性」の解毒を図っているのだと言えよう。普遍化されてしまった「母性」を、河野という一人の歌人のサイズに切り戻すことによって。それは同時に、河野という歌人の独自性、個別性を〈普遍〉の渦から救い出すことでもあった。

河野の母性は身体感覚に強く根差したものである。河野は、これらの歌で、男女という区別や生物といった範疇を突き抜けて、母性の幅を大胆に拡大し、全身の感覚でもって自然と交信しようとしているのではないだろうか。先に述べたように、河野はかつて、母性を「大きな普遍的な容量を持ったいのちの循環のありようそのもの」と定義したが、その「いのちの循環」とは、おそらく人間だけではなく太古から生滅してきた樹や光や花など自然をすっかりひっくるめての言葉だろう。（七〇頁）

大森は河野の「母性」をこのように定義する。この「母性」は、優しくあたたかなだけのものではない。そこには不安の影があると大森は指摘する。

自分が世界の一部分に属してしまうということは、世界が自分の身体に属するということでもあったのだ。しかし、それは決して優しく安定した世界ではない。これまで見てきた歌にあるとおり、粘りのある強烈な不安につねに揺れ動く世界なのだ。（七二頁）

自己と世界が溶け合ってしまうような感覚がもたらす自我の危機と、世界を抱擁しようとするほどのはげしい自意識の綱引き状態、と言い換えられようか。「母性」と「不安」という言葉の取り合わせが新しい。理想化を避け、そこにある不穏さを見つめることで、河野の「母性」を河野の個性として読み直そうとする大森の姿勢が感じられる。青春や母性、恋、家族、女性。そうした〈普遍〉の枷から、一人の歌人としての河野を取り戻すこと。それが、大森がこの一冊を通して試みていることではないだろうか。

＊

「母性」や妊娠出産というテーマはいまでも短歌において偏重されがちである。花山周子は、石川美南『体内飛行』が塚本邦雄賞を受賞したことを取り上げた時評「新しい賞について（1）」で、子供を産むことが作歌にとって重大なことであるかのように言われる風潮に否を唱える。

特に女性には経験がある方も多いと思うのだが、子供ができて歌がよくなったね、というようなことを言われることがある。私は現実の〈わたし〉が精神的になにかしらの刺激を受けることが作品に反映することは否定しないのだが、子供ができたから歌がよくなった、というような感想のなかに息づく短絡性には個々の作家性を一元化するような強制的な価値観が透けて見えるものである。(『短歌研究』二〇二一年一月号、一八〇頁)

そして、大森の〈産めば歌も変わるよと言いしひとびとをわれはゆるさず陶器のごとく〉(『短歌研究』二〇二〇年一月号)を引いて、次のように評する。

今年印象に残った歌である。「子供ができたから歌がよくなった」も裏返せば〈産めば歌も変わるよ〉と言っているということなのだ。作品の背後にはその地点その地点の作歌の現場があり、それまでやその後の格闘があり、それは女性としてではなく一人の作家の軌跡でしかない。(『短歌研究』二〇二一年一月号、一八〇頁)

花山の言う「短絡性」——「個々の作家性を一元化するような強制的な価値観」は、『この世の息』において大森が回避しようとしていたものと重なるように思われる。そのひとを一人の作家としてではなく、「女性」「母」という普遍として見ること。

〈産めば歌も変わるよ〉と言うことの暴力性、にはいろいろな面があって、あるステージから次のステージに進むように、「産む」ことが誰でも経験すべき出来事として想定されていること、以外に、他の様々な経験や想像や思惟を捨象して、ひとに起こる物事の優先順位が決められていること、「産む」ことが誰にとっても作歌において同じように作用すると断定されていること、などが挙げられよう。出産の単純な反射像として歌があるなら、そこにひとりひとりの作家はいらないはずだ。

起きたことであれ、起きなかったことであれ、それを自分のものとしてうたうのは個別の作家なのである。

*

恋愛であったり、結婚であったり、妊娠出産であったり、そうした経験によって作品がよくなる、もっと言えばそうした経験がないからおまえの作品はだめだ、と言われたことのある表現者は多いだろう。ことに女性はそうである。

じぶんの話をすれば、恋愛経験がない者に文学はわからないのではないか、と言われたことは枚挙にいとまがない。文学が好きなら、恋愛をしてみたいと思うものではないか、とも、文学が好きなら、それを理解するために恋愛をしてみるべきではないか、とも言われる。「人生で経験すべきことリスト」の共有でしかないなら、はじめから文学に惹かれたりなどしなかったのだが。

＊

差別やハラスメントをたしなめたり自戒したりする際に近年よくもちいられる、「今はそういう時代だから」というレトリックについて考える。今はもう、男とか女とかで区別する時代じゃないから。今は多様性の時代だから。今は恋愛とか結婚とかはしたい人だけがすればいいっていう時代だから。

「価値観をアップデートする」という言い回しがある。「昭和の価値観」といった言葉がある。「もう令和なんだから」「もう〇〇年なんだから」と言われる。悪習を改めたり、現状を批判したりするときに使う言い回しではあるけれど、それらをわたしは好きになれない。

そこには、大勢が変化するからそれに従う、という響きがある。それでは結局、その時代、その社会のマジョリティが正義であるということにしかならない。時代が悪い方に向かったら、それにも従うのだろうか。

差別やハラスメントが悪なのは、現代社会の時流にそぐわないからではない。今までの時代も、その時代の社会構造によって苦しめられてきた人々がいたのであり、悪として認識されていなかっただけである。

それに、「今はそういう時代だから」という言い方は、今がまだ十分に「そういう時代」ではないことを隠蔽しもする。現状において、まだ改善されていないものがあることを。

短歌の世界でも、今は多様性の時代だから、といった言い方がされることを目にするように思う。多様性、はまだまるで足りないし、多様な人々が今までもいて、封じ込められてきたことを無視して、今はじめて多様な人々がどこからか現れてきたかのように錯覚させる言葉だと思う。

今回話題にした、「母性」や出産というテーマが内包する問題も、「ああ、今はもう母性とかいう時代じゃないっていうことね」と片付けられてしまいそうな懸念があり、しかし短歌の世界はまだその段階にも達していないのかもしれない。

＊

川野里子『葛原妙子　コレクション日本歌人選070』（笠間書院、二〇一九年）を読んだとき、特に面白いと思ったのは、葛原の〈幻視〉が現実から遊離したものではなく、むしろ現実と切り結び、現実が幻想よりもあやふやであることを明らかにしたものであると、あざやかに示した箇所である。

昨日まで信じられていた軍国主義が平和主義に代わり、神であった天皇が人となり、鬼畜米英が憧れの欧米文化として立ち現れるという亀裂。その、とうてい繋がりようのない昨日と今日を無理矢理に繋いでそれぞれに生き延びてきたのが戦後の日本人であった。

［……］敗戦後の焦土に立ったとき、葛原に訪れたのはまずこの自らを信じるほかないという覚悟であった。それは、多くの日本人に訪れたものでもあったが、葛原の場合さらに深く、現実と信じられているものは本当に現実か、この世は本当に信じるに足りるのか、という実存的な問いとして訪れた。それゆえ、この後、葛原は幻想と現実を等分に、あるいは現実以上に幻想を重視し、幻想世界に世界のありかを訪ねるような歌風が出て来る。（五頁）

〈幻視の女王〉とも呼ばれた葛原は、夢物語のような幻想を視たわけではない。むしろ、現実を確かに視るために想像力を使い、感覚を鋭敏にした。（二七頁）

わたしが文学のどういうところに惹かれるかといえば、そういうところなのだと思う。現実を追認しない力。それは、〈現実〉と呼ばれているものが現実であることを疑う力であり、現状がこうなっているからと後をついていくのではなく、まちがった現実を変容させていく力でもある。ちゃちな「人生で経験すべきことリスト」にチェックを付けるようにして現実なるものを体験するのではなく、幻想によって現実よりも深いところを経験することである。

大森の論を読んでいて、川野のこの文章を思い出したのも、伝記的事実を丁寧に踏まえつつも、〈現実〉の重力から少し離れたところに歌を置き直して読むような手つきに、どこかしら通うようなところを感じたからかもしれない。

読むこと、読まれることを巡って

2021年3月

第三回笹井宏之賞が発表された。受賞作は乾遥香「夢のあとさき」である。五十首中三十五首にリフレインが使用されており、文体における方法意識が相当に強い連作だという印象を持った。

飛ばされた帽子を帽子を飛ばされた人とわたしで追いかけました
レジ台の何かあったら押すボタン押せば誰かがすぐ来てくれる
ジンジャエールは映画っぽいと思ってて映画館で頼むジンジャエール

乾遥香「夢のあとさき」（『ねむらない樹』vol.6）

伝統的な短歌は、できる限り少ない文字数でできる限り多くのことを伝えようとし、そのために書かれている以上のことを読者に読み取らせようとするけれど、いま引いたような歌はむしろ同じ言葉やフレーズを繰り返すことで、字数に対して内容を極力減らそうとしているように見える。書かなくても伝わるはずの、書けば同語反復になるような部分をわざわざ書いて、物理的に一首の情報量を下げているだけでなく、歌の意味が増幅していくのを抑え、言葉で言っている以上のことを意味しないように潔癖に自制している。

睦月都による歌壇時評「抑止する修辞、増幅しない歌」(『短歌』二〇一九年十月号)では、五島諭、伊舎堂仁、鈴木ちはね、相田奈緒、谷川由里子らの歌を取り上げて、「増幅しない歌」について考察している。

本来、言葉に言葉以上の意味をもたせる方面があれば、それ以上でも以下でもない言葉や、過剰な意味の発生を抑止するために置く言葉、というものも当然あっていいはずだ。

[……]掲出歌はどれも三十一音でおおよそ三十一音分の情報を表現している。長い歴史の中で培われてきた短歌のインデックスを利用することもなく、言葉に必要以上の感情を乗せることもない。そこにあるのはシンプルな定型だ。かれらは潔癖ともいえるほどにていねいに言葉を削ぎ落とし、安易なポエジーを躱す。これらの行為は短

歌の所与性、ハイコンテクスト性、あらゆる「短歌的なもの」を照らし、問い直しているように思う。（一八一頁）

「夢のあとさき」も、睦月のいう「増幅しない歌」の系譜にあるものとして理解することができるだろう。

わたしがこの連作を読んで、どうしてこのように増幅を抑えているのだろう、と考えたとき、リフレインを多用し、省略を省略することで、一首の解釈を一意に定めようとしている、とひとまずは言えるように思った。省略を利かせ、省かれた部分を読者の補完に任せるのではなく、読みのぶれを最低限に抑えようとしている。そのために同語反復を厭わない。同語反復により、省略されたものなどないかのように見せるこうした文体は、ほら、この歌の背後には書かれていないことが隠されていたりしませんよ、だから余計な詮索などしないように、という意志表示をしている。

ではどうしてそこまで一首の解釈の可能性をコントロールしようとするのだろう。その問いに対して、「読者を信用していない」という答えが思いうかぶ。もう少し正確に言うと、「解釈共同体を信用していない」ということになるだろう。

短い字数で多くのことを表現しようとすれば、解釈共同体に共有される読みのコードを最大限に利用することが求められる。読者のある種の「常識」に訴えて、書かれていない情報を補完してもらうやり方である。そうすれば説明に字数を割く必要はなく、その分詩的飛躍を作り出すことに注力できる。

それは便利ではあるけれど、マイノリティの排除にもつながる。〈君〉〈あなた〉と書けば相聞歌と読まれ、であるならモノアモリーでヘテロセクシュアル・ヘテロロマンティックな関係と想定されることは、そういう恋愛を描きたいひとにはアドバンテージだが、そうではない恋愛を描きたいひとや、恋愛以外の関係性を描きたいひとには不利になる。マイノリティの排除、と言ったけれど、ひとには多かれ少なかれマイノリティ的な部分があって、共同体的な読みをするとき、ひとはどこかで共同体から外れた自分に見ぬふりをすることになる。つまり短歌の解釈の共同体は、人間の均一視の上に成り立っており、いうなればそこには欺瞞がある。

「夢のあとさき」の作者はそんな解釈の共同体を信用していない。だから、読みを読者に委ねてしまわずに、両手でしっかりと歌を摑んでいようとする。どう読まれるかをコントロールしようとする。従来なら言わずもがなの説明として省略されてしまいそうなところを丹念にたどり、「あたりまえ」と思われるであろうことを同語反復で語るのは、説明抜きで共有されること、「あたりまえ」のことなどなにもないという身振りだ。何が「あたりまえ」であるかを決定する暗黙のルールには乗りたくない、というパフォーマンスである。いわゆる「詩的飛躍」はここにはない。詩的飛躍は、「あたりまえ」の共有とその裏切りの上に成り立つのだから。こうした共同体への不信を裏打ちしているのは、

主要駅からのアクセスと書いてある主要でない駅からここに来た

に見られるような、〈主要でない駅〉としての意識なのかもしれない。「夢のあとさき」において、同語反復に次いでめだつ手法は、「……だから」といった因果関係の明示である。

ベビーカーの男の子がわたしに手を振ったのはわたしが先に手を振ったから
検診を受けなさいって手紙くる　生きててほしくて書いたんだよね
男の子がわたしが泣き出さないようにしてくれたので泣きませんでした
片方の靴があるから片方の靴だけ履いた子もいるんだね

原因・理由と結果との結びつきをこんなにも執拗にたしかめようとするのは、世界の「わからなさ」の裏返しなのだと思う。共有される「あたりまえ」の網目を外して見た世界は、あまりにもばらばらで、無秩序で、わからない。だから、身の回りの出来事をひとつひとつ拾って、原因・理由と結果を接続させていくしかない。それが〈生きてててほしくて書いたんだよね〉といった、ちょっと首を傾げたくなるような理由であっても。しかし、断片的な原因・理由―結果のセットをいくら積み上げても、世界全体はわかるようにはならない。一首の余白をどんなに埋めても、連作の歌と歌のあいだに圧倒的な「わからなさ」が漂っていて、それがこの連作にとって魅力になっているように感じられた。

ところで、「夢のあとさき」では文体における方法意識が前面に出ていて、語られる内容は重要でないようにも思われるけれど、そこには一応ストーリーがあり、それも〈男の子〉〈女の子〉といったナイーブな語彙で綴られる、大変ベタな恋愛のストーリーであるらしい。いうなれば短歌における〈主要駅〉である。このストーリーに対する評価はわたしの中で難しいところではあるのだが、ベタな内容をこの文体でやることには、「ベタ」の力を解体する意義があるのではないか、とも思う。好意的にすぎる読みかもしれない。

*

睦月は「増幅しない歌」の例として鈴木ちはねを挙げたけれど、わたしが「夢のあとさき」を読んで思い出したのも、第二回笹井賞を受賞した鈴木の「スイミング・スクール」だった。この連作にも、「あたりまえ」と思われる内容を同語反復的な文体で記述するという手法が見られる。

不動産屋の前に立ち止まって見ていると不動産屋が中から見てくる

鈴木ちはね「スイミング・スクール」(『予言』書肆侃侃房、二〇二〇年)

円形の建物だから円形の足場にいまは囲われている

年金を払ってないと来る電話が払ってからはもう来なくなる

同語反復ではないけれど、次の歌も順接的に接続される出来事を飛躍なしに書く手法である。

なんとなく知らない車見ていたら持ち主にすごく睨まれていた
いい路地と思って写真撮ったあとで人ん家だよなと思って消した

これらの歌には読者が想像を羽ばたかせられるような余白が少なく、作者が歌の内容を手のうちに収めている感じがある。そう言うと不自由に聞こえるけれど、共同体的な読みも不自由であることはすでに指摘した通りだ。共同体的な読みは短歌を増幅させるちからを持つけれど、それは無論アトランダムにではなく、一定のルールに従っている。そのルールは、ある型にはまった人間の集団を想定している。

「あたりまえ」のことを書く、と言うと奥村晃作らの「ただごと歌」が思いうかぶけれど、それは読者にとってあることが「あたりまえ」であることを逆手に取って成立しており、そこではむしろ読者の共同体への信頼が前提とされているのに対し、「夢のあとさき」や「スイミング・スクール」は何かが「あたりまえ」でありうるような共同体に乗ること自体を拒絶しており、そこには質的な違いがあるように思われる。

＊

同じ『ねむらない樹』vol.6で目に止まったのは、二三川練による阿波野巧也『ビギナーズラック』への書評「翼を失くした鳥たちへ」だった。この書評は次のように始まる。

口語短歌は、なんら詩情を持たない瑣末な身辺詠に詩情を見出した。単なる現実の追認は「現実を生きざるを得ない『私』」の素描となる。それは、自らの立ち位置を獲得できず現実を生き抜くことに精一杯な社会において多くの共感を得る。様々な歌人がそのような「私」に安住の地を求め、短歌に自己を肯定してもらっている。その安心感——共依存的な自己肯定が現在の口語短歌における詩情であると僕は考えている。

そして、「想像力のみが権力を奪い得る。だが、今まさに僕たちの権力によって想像力が奪われている現実こそ、阿波野を含む多くの生活歌人たちは自覚するべきだろう」と結ばれる。

この文章が『ビギナーズラック』への書評として誠実であるかという点には疑問が残る。紙幅の問題かもしれないが、取り上げられた歌に対する読みは恣意的に思えるし、それらの読みから右に引いた結論を引き出すのは論理の飛躍が大きい。二三川の批判の対象として『ビギナーズラック』が適切であったのか、それとも持論を展開するためのだしにされてしまっているのかも不明である（書評の基底に書き手の一貫した思想が見えるのはよいと思うけれど、他の歌集でもおなじことが言えるのなら書評として適切ではない）。この文章の意図するところをわたしが正しく読み取れているのかも自信がない。ただ、生活をうたった短歌が現状の追認になることへの危惧にはわたしも共感するところがあった。

リアリズムの短歌においては（口語短歌においては、とはわたしは思わない）、日常の中の微細な事物を掬い上げることがひとつの美徳になっているのだが、それはそうした日常の揺るがなさ、日常の持つ価値を前提としてしまっている。そして、その前提に基づいて発せられたことばの積み重ねは、現実を追認してしまう。そうしたことを思ったのは、第六四回角川短歌賞の次席となった山階基の「コーポみさき」を読んだときだった。連作の主題としては、男女の友人がルームシェアをしようとすると「結婚しようとしているカップル」と見なされてしまうといった現実社会の構造を扱っているのだけれど、作品の基底をなす生活の細部があまりに愛情深く描かれているがゆえに、根本的にこの世界は是認されているという感覚が生じ、現実を生きる読者はなんとなくやわらかく慰撫されてしまう。この連作全体を通じて発せられるメッセージは、現実の否認よりはむしろ肯定なのである。そんなふうに思った。

卯の花がすきなあなたと手を組んでふたり暮らしという寄り道を

山階基「コーポみさき」（『風にあたる』短歌研究社、二〇一九年）

菜の花を湯に沈ませてゆきひらとつぶやくように小鍋を揺らす

買い置きの牛乳をやや高いのに決めてひらめく生活のすそ

この連作はそもそも多分告発であろうとは志向していないし、そういう作品においてこそこの作者の美質は発揮されるのだと思う。けれど、告発しようとしないそのものわかりのよさ、ひとあたりのよさには、現実の肯定のために利用されてしまいそうなあやうさがある。

むろん一口に現実と言ってもその中にはさまざまな相があって、現実社会の中にある差別構造を批判しつつ、現実の日常生活を慈しむ、というのは何の矛盾もないのかもしれない。そのあたり、二三川はどういう意図を持って「生活歌人」という用語を使ったのだろう。「翼を失くした鳥たちへ」が書評としては失敗であるがゆえにその問題意識ごと片付けられてしまうのは惜しいので、追ってより丁寧な論が出ることを期待したい。

＊

「翼を失くした鳥たちへ」を読んで、書評の役割ということにも思いを巡らせた。『現代短歌』二〇二〇年十一月号には、第一回BR賞の結果とともに、「よい書評とは何か」をテーマにしたエッセイが掲載されていた。

読んでみて「ほめるところ」が見つかれば書く、「ほめるところ」が見つからなければ書かない。あえて瑕疵をあげつらう書評は書かない。これが私のルールである。（内田樹「（あまり）書評を書かない理由」、『現代短歌』二〇二〇年十一月号、五四頁）

そういうわけで、私は書評をあまり書かない。でも、「よい書評」とは「それを読んだ書き手が、『よくぞ書いてくれた』と手の舞い足の踏むところを知らず状態になり、ねじり鉢巻きで次回作にとりかかるようになるもの」だという考えは当面変える

つもりはない。（同、五五頁）

そこでどうしても書評する側として主張したいのは、書評する行為はつねに無上の喜びであって欲しいというじつに自分勝手な願望なのだ。いうならば〝自分を殺してくれた書物〟を心から愛するということの喜びこそが、書評というものの最上の動機であって欲しいと願うのである。（添田馨「〝自分を殺してくれた書物〟への愛」、『現代短歌』二〇二〇年十一月号、五六頁）

そうやって書物の価値を世の中にひろく伝えることが書評の役割であってみれば、私は書評の本質は褒めることにあると固く信じるのである。自分で選んだわけでもないあまり気の進まない本の書評であっても、引き受けたからにはまずは褒めるべきなのだ。（五七頁）

ある作品を酷評すれば、それがそのまま自分に返って来る可能性もあり、さらに歌壇という場の狭さから、できるだけ波風を立てない無難な仲間褒め評がまかり通ることになる。（永田和宏「書評が読み捨てられないために」、『現代短歌』二〇二〇年十一

月号、五九頁)

書評は作者を喜ばせるためにあるのではない。書評の本来の役割と意味は、書評を読んだ読者を「本屋まで走らせなければならない」(丸谷[才一])ということ、それがすべてであったはずである。(同、五九頁)

これらのエッセイにおいて、内田と添田は、書評とは本を褒めるべきものであるのか、あるいは貶してもいいのかを軸にしており、そしていずれも書評の役割は本を褒めることにあるという持論を展開している。書評の読み手として想定されているのが、内田の場合は作者であり、添田の場合は読者である、という違いはあるにせよ。永田は「書評は作者を喜ばせるためにあるのではない」と、内田とは反対のことを言い、「無難な仲間褒め評」に苦言を呈してはいるけれど、「読者を『本屋まで走らせなければならない』」と書いていることから、やはり書評とは本を薦めるもの、褒めるものであると考えているのは同様のようだ。

批評なのだから、批判するべきところはする必要があるのじゃないの、とわたしなどは思う。書評を書いた経験が少ないからなのだろうか。

＊

歌集評といえば、『短歌研究』二月号・三月号に掲載されたユキノ進「『水中翼船炎上中』という冥界巡り」は非常に熱がこもっていて、スリリングだった。ユキノは『手紙魔まみ、夏の引越し（ウサギ連れ）』以降の穂村弘の短歌を総合誌の誌面で読んだときの感想を、「そこにあったのはこれまでの歌集に収められていたユーモアと抒情の入り混じる歌ではない。中年の男が昭和のステレオタイプな思い出を詠った歌が多く、穂村作品にかつてあった高揚感はすっかり影を潜めていた」（「『水中翼船炎上中』という冥界巡り（前編）」、『短歌研究』二月号、六二—六三頁）と振り返る。そして『水中翼船炎上中』が発売されると、「編年体に準じた構成、母の死という近代短歌の伝統的なモチーフなど、『人生』を背負ったいかにもオーソドックスなスタイルは長年待ったファンが待ち望んでいたものではなく、多くの読者は失望とまではいかないまでも戸惑っているように見えた」（六三頁）。多くの読者が共有する感想だろう。

ところが、ユキノはこの歌集に不思議な居心地の悪さを感じ、「これはノスタルジックな自分史の歌集ではない。あるいはそう読むべきではない」（六三頁）と予感して、微に入り細を穿った考証へと乗り出していく。作中主体＝作者という前提に立たず、歌集と栞の「『水中翼船炎上中』メモ」のみから歌集の各部の年代とその時の主人公の年齢を推定し、そこからこの歌集にひそむ謎を浮かび上がらせる。

そして後編では、その謎が解き明かされることになる。キイワードは「戦後日本」と「皇太子」である。この歌集にいかなる謎があり、それがどのように解かれるのかは、実際にこの論考を読んで確かめてみてほしい。

『水中翼船炎上中』を退屈な歌集だと思って読んだ読者の一人としては、一冊の歌集を読み解くには本来これだけの量の考察が必要なのだと感じ入ったのだった。

他者を消費すること

２０２１年５月

四月、ネット上である文章が話題になった。


こないだ、ふしぎなデートをした。

「松のや」で定食たべたり、銭湯いったり、公園で喋ったり。

でも、お互い名前は呼ばない。また会うかどうかもわからない。そして、私には帰る家があるけれど、その人は、家がない。

そんな日のことを書きました。

(https://twitter.com/c_chan1110/status/1379645157977464835)


こんな文面とともに、noteへのリンクがTwitterに投稿された。ライターの島田彩による、「ティファニーで朝食を。松のやで定食を」(https://note.com/cchan1110/

n/n5527a515fba2）と題されたその記事には、大阪市の「新今宮」で過ごした二日間のことが記されていた。仕事で新今宮を訪れた著者は、大衆酒場で居合わせた男性にご馳走してもらったことから、この街でできた借りはこの街に返そうというルールを作り、声をかけてきたホームレスの「お兄さん」に昼食を奢る。そしてそのルールに則って、タバコを買う代わりにツアーガイドをさせたり、缶コーヒーを奢る代わりに自分を褒めさせたりしながら、一緒に公園や銭湯に行って一日を過ごし、最後にカーディガンをプレゼントしてもらって、著者は家に帰り、「お兄さん」は高架下に帰る。著者はこれを「デート」と呼び、「私の中では、たまたま出会って、たまたまデートし、たまたま友達になった人。その人がたまたま、家を持たずに暮らしている人だった。それだけのこと」と総括する。最後に「新今宮ワンダーランド」のポスター画像が添付され、「#PR」タグが表示されて、初めてこれが大阪市によるＰＲ企画の一環であったことがわかる。

公開直後は絶賛とともに拡散されていたが、このエッセイが電通の手掛けた大阪市西成区のイメージアップ企画の一環であることが歌人の吉田恭大によって指摘され、炎上した。

西成区でホームレスのお兄さんとデートするエッセイ、twitter のリンクから note に飛んで初めてＰＲ記事って分かるんだけど、大阪市が発注して電通が仕掛けた企画っ《ママ》たことが分かってモヤモヤしてしまうな…
(https://twitter.com/nanka_daya/status/1380376917497409539)

note の画像からググった新今宮ワンダーランド、のサイトでお問い合わせ先が『大阪市西成区役所総務課』になってたんで、直近の西成区のプロポーザル調べたら『新今宮エリアブランド向上業務』の募集が出てきて区役所に受託業者問い合わせたら電通とご回答いただきました。
(https://twitter.com/nanka_daya/status/1380831164659732483)

何から書けばいいだろうか。

まず、「新今宮ワンダーランド」とは何かという話。「新今宮」という地名を私は寡聞にして知らなかったのだが、大阪府西成区と浪速区の境界にあるＪＲ・南海の駅名らしい。エッセイでも「大阪の西成区、「ドヤ街」と呼ばれるエリアを含む街」と軽く説明されているが、基本的には「新今宮」という呼称で通されている。

記事における「新今宮」という地名の使用について、歌人の奈良絵里子がTwitter上で次のように指摘している。

あのエリアについて語るなら「新今宮」ではなく「西成」「釜ヶ崎」という地名を使うのが自然だと思う。それなのに冒頭から新今宮を連呼するのは、これが新今宮ワンダーランドのPR記事だから。そして、行政が新今宮の駅名を使うのは、西成や釜ヶ崎という地名にまつわるマイナスイメージを拭いたいから。

(https://twitter.com/fukiteasobiki/status/1382177055341572101)

「新今宮」は知らなかったが、「西成」「釜ヶ崎」「あいりん地区」という地名なら私でも知っている。その「マイナスイメージ」とともに。

西成区のサイトを見ると、「西成区イメージアッププロモーション」の一環として、「新今宮エリアの魅力を伝える新コンセプト『新今宮ワンダーランド』を発信します！」というページがある。つまり、貧困やホームレスのイメージのついた「西成」という地名を避けて「新今宮エリア」という呼称を押し出している模様である。

西成区は近年、星野リゾートが進出するなど再開発が進んでおり、「ジェントリフィケーション」との批判も多い。「ジェントリフィケーション」の例として、西成区が挙がっている説明もある。

全国有数の貧困地区として知られるあいりん地区は、２０１２年から始まった西成特区構想により、「不衛生」「治安が悪い」といったイメージが薄れた。２０２２年には星野リゾートが、あいりん地区の近くにホテルを開業する予定もある。こういった再開発の結果、社会的弱者が町から排除される可能性があるとも言われている。

(https://ideasforgood.jp/glossary/gentrification/)

こうした再開発と並行して、西成区のブランドを向上させ、観光客を呼び込むために始まったプロモーションが「新今宮ワンダーランド」であるらしい。西成区のサイトの先述のページを見てみよう。

きっと、はじめて新今宮を歩く人は、予期せぬ驚き・不思議「ワンダー」を感じる出来事があるでしょう。驚くような「食・大阪グルメ」の文化があったり、多様なお店・宿泊施設が豊富にそろっています。その驚き・不思議の秘密を探ってみると、それは積み上げてきた歴史と取組、街が大切に守ってきた「多様性と社会的包摂力」が背景にあると気づき、新たな発見があるはずです。

(https://www.city.osaka.lg.jp/nishinari/page/0000530720.html)

これまで培われた多くの社会資源や、あらゆる人を受け入れてきた、人情味のある気さくで懐の深いまちです。(同)

西成区に観光客を呼び込むために、格安の飲食店や宿泊施設、人々の「人情」や「気さくさ」を魅力として発信しているのだが、深刻な現実をここまで口当たりよく表現できるのか、と感心してしまうほどである。ホームレスの人々の存在そのものを売りにして、「多様性と社会的包摂力」を謳っているのだが、ホームレスの人々はまさにその「社会的包摂力」が取りこぼした存在ではないか。「多様性の尊重」というのはあらゆる属性の人々が社会から取りこぼされずに生きられるようにすることであって、格差の放置ではない。「人情」というのは、助け合わなければ生きていけない人々の生きる手段であって、裕福な観光客がつまみ食いしたり、本来貧困にあえぐ人々を助けるべき行政が観光資源化したりしてよいものではないはずだ。飲食店や宿泊施設が格安なのも、それを利用する人々が貧しくて他に選択肢がないからで、いくらでも選択肢のある人々がお得で物珍しい場所として楽しむものではないだろう。

そういう企画の一環としての、このエッセイである。

わたしが問題にしたいのは二点あって、エッセイそのものの問題点と、行政や広告代理店の絡んだ企画である点である。

このエッセイへの批判に、最後まで読まなければ広告であることがわからない点を挙げているものも多かったが、それは本質ではないと思う。PRであることが最初に明記されていてもいなくても、PRであってもなくても、このエッセイは悪質で、その本質は他者を消費して感動的に仕立てていることにある。

エッセイの内容を軽く見ていこう。

「貸し借り」のルールを作った著者が鞄の中にジュースをこぼして困っていたとき、ホームレスの男性が手を貸してくれ、「百円くれないか」と尋ねる。著者はこの街での「借り」を彼に返そうと食事を奢り、彼に街を案内してもらいながら過ごす。そのことを、「これはたぶん、デートだと思う。／ふつうにデートだと思う」と書く。

「デート」という言葉の使い方がまず怖い。「ふつうにデート」と言うが、相手が誰であっても(異性に限るのかもしれないが)、自分より社会的地位が高い人であっても、一対一で時間を過ごしたら「ふつうにデート」と見なすのだろうか。「デート」という言葉を用いているのは対等さ、親密さの演出なのだろうけれど、ある人と時間を過ごしたことを、相互の了解なしに一方的に「デート」と呼ぶのは侵略的でもある行為で、それをホームレスの人に対してはしてしまえるのは、もとより対等だと思っていないからだろう。デート、と「格上げ」して呼べば相手も喜ぶだろうという思いがあり、相手が「デートのつもりなんかじゃなかった」と抗議することは想定されていない。

著者はこの男性に昼食を奢るにあたって、相手をこう品定めしている。

それから、お兄さんの言葉選びや声色、私の目を見て話す表情を、信じたいなと思った。服はぼろぼろだけど清潔感があって、お酒のにおいはしない。独特の甘いにおいもしない。

ホームレスの人を「清潔感」や「におい」でジャッジして手を差し伸べるか決めるというのも、強者の残酷さだろう。清潔感があるから「良いホームレス」で、「悪いホームレス」とは違う、と言うのだろうか。映画「パラサイト」に、においが階級の差を露呈するシーンがあったけれど、清潔感やにおいというのは環境によるところが大きく、生活に困っている人にはどうすることもできないものだ。

昼食後、男性がタバコを買ってくれないかと頼むと、著者は躊躇う。

2000円使うと決めたけど、「一緒にお昼を食べたいから定食をごちそうする」と、「お兄さんが吸いたいタバコを買ってあげる」は、何かが違う。うまく言えないけど、対等じゃない感じがする。

相手が自分では買えないタバコを、買ってあげる、あるいはあげないという選択肢がある時点で、そこには力関係があり、対等などではない。対等でなくなってしまっているものを対等に近付けようとするときにすべきなのは、力関係などないふりをすることでは少なくともない。

考えた結果、著者はこういう結論に至る。

そもそもこれは、「借りができた分、貸しをつくる」というルールから始まったこと。お兄さんも私に「貸し」を作るのがいいかも、と思った。

「お兄さんの特技と交換だったら、いいですよ」

施しの見返りに芸を要求するような残酷さが怖い。

そして、タバコと缶コーヒーを奢る代わりに、新今宮のツアーガイドをしてもらい、自分を褒めてもらうことにする。人を褒めるというのは何も持っていなくてもできることかもしれないが、お金のために自分の機嫌を取れというのはなかなかにグロテスクな要求だ。

その後は一緒に銭湯に行き、ぼろぼろの靴下の代わりに新しいものをプレゼントする。その夜の宿について相談し、「せっかく新今宮に来たし、普通のビジホより、」と格安の宿泊施設に泊まろうとすると、男性は難色を示し、駅の反対側に泊まってほしいと「お願い」する。

「それか家。家に帰ったほうがいい。あんたは、家があるねんから」

「新今宮ワンダーランド」が売りにする格安の宿泊施設は、地元の人々がよそから来た人に安心して勧められるような場所ではないのだ。別れ際にも、著者が「近く寄ったら、会いに来るね」と言うと、「来なくていいよ。じゃあ、またね」と返される。

進んで来るような場所ではない。帰る家がある人は家に帰った方がいい場所。望んで住んでいるわけではない場所なのだ。そのことが読み取れるこうしたやり取りも、しかしエッセイの中では、仲良くなった著者を心配する男性の人情として、心温まる話風に消費される。

文章の端々から、男性が仕事もなく、「ずっと一人」であり、誰かと食事をすることなど十年振りで、お金をもらえないかと人に声をかけては無視され、息がつかえるような思いをしながらストレスを抱えて生きてきたことが読み取れる。しかしそれも、著者との心温まる交流を感動的に描き、著者が相手にもたらした恩恵を強調するために使われている。

「ホームレスとデートって、正直どうなの？」

そう思われたかもしれない。でも、私の中では、たまたま出会って、たまたまデートし、たまたま友達になった人。その人がたまたま、家を持たずに暮らしている人だった。それだけのこと。

「それだけのこと」という言葉で、「偏見のない、フラットな自分」が演出されているけれど、偽りのフラットさを楽しめるのは強者の側だけで、弱者の側がそこにある力関係を無視することはできない。家を持たないことを些細なことであるかのように言えるのは他人事だからだ。

このエッセイには社会や構造に対する批判が全くない。著者と男性の二人の間で話が閉じていて、相手やその街の社会的背景に思いを巡らせる様子はない。「それだけのこと」がどんな違いを生むのか、たった「それだけ」の違いがどうして生まれてしまったのか、問うことはない。生身の他者を、ハートフルな物語の題材として気持ちよく消費するだけだ。

短歌もまた、他者の消費と非常に相性がよい。その点で短歌とエッセイには親和性があるのかもしれない。無論短歌に限った話ではない。人はそもそも他者を消費するのが好きだ。生身の人間の消費はいけないが、フィクションならよい、という問題でもない。たとえばフィクションなどで同性愛者の人生が悲劇的な物語として消費される危険性はよく指摘されるところだ。しかし、短歌はそれにしても他者を手軽に題材として消費しすぎる。「歌人と付き合うと相聞歌にされる」という冗談をよく聞くけれど、冗談ではない。

これがエッセイ自体の問題で、二つ目の問題は企業や行政から請け負った仕事であるという点だ。

「排除アート」という言葉がある。ホームレスが滞在できないようにするためのオブジェやデザインのことで、寝そべることができないよう間仕切りを設けたベンチなどがよく知られている。アートが排除のために用いられることがあるのだ。更にはアートそのものがジェントリフィケーションの機能を持つ場合もある。落書きを防ぐためにに壁にあらかじめアート作品を描いておくといった手法がよく知られているものだろう。地域活性化という名目で行政主導のアートプロジェクトが推進されることがあり、西成区でもそれが行われていた。

短歌がそのように利用される危険性も充分にある、と思う。「臭いものに蓋」をするための、ふんわりと優しくきれいなものとして。ただでさえ短歌はお金にならず、世の中の役に立つものとして認められていないという引け目がある中で、行政や広告代理店に声をかけられたら喜んで引き受けずにいられる人がどれほどいるのだろう。

ところでこの原稿を書いている間突然高熱を出して寝込み、新型コロナウイルスの検査を受けることになった。陰性という結果が出るまで、死ぬか家族を死なせるかするかもという思いが頭を離れず、自分がひとつの時代の中で生きていることを実感させられた。

美しさと暴力

2021年7月

このところ、「美しさ」について考えている。正確に言うと、「美しさ」を愛することの暴力性について。

多くの人とおなじく、わたしは美しいものが好きだし、わたしの作る歌は多くが美しさを志向している。でも、美しさというのはそんなに信頼してよい拠り所なのだろうか？

そう思うのは、少なくとも人間の容姿の美しさを云々する／されることについてはわたしはもううんざりしているからだ。

先日、ある作家を特集するある雑誌に参加したのだけれど、その雑誌の感想を見ていると、表紙に使われた作家の若い時の写真が美しい、というものが一定数あって、苦い気持ちになってしまう。その作家は、若い時に男性作家ばかりの中で紅一点のような立ち位置にあって、作家としてはまともに取り合ってもらえなかった、とその雑誌の中でも書いているのに。

作者の容姿の話は、以前「ミューズ」発言を問題にした時にも取り上げたけれど、わたしも歌壇賞を受賞した時に、「写真で見るより美人ね」などと評されたことがあるのだった。

そうした、人間の美しさの話と、風景や言葉が美しいという話は、切り離せるものだろうか？

人間に対して、美しくない、と言うのがまずいという認識はそれなりに共有されている。人間の美しさを愛でることが搾取的だという話についてはどうだろう。人間を美しいと見なすことも、美しくないと見なすことも、他者から他者性を剥ぎ取って、共有資源として価値がある／ないと判断することなのだから、表裏一体なのだけれど。

それでも、対象が人間だったら、他者の美しさを愛でるのは搾取的で、美しくないと見なすことは差別的だと、知られてきている。いや、どうだろう。芸術の世界において、美しい人間（ことに女性）の美しさを描くのは、いまだにひとつの王道と見なされているように思う。短歌においても。

しかし美を見出す対象が人間以外のものならいいのかというと、結局それらは全部つながっているのではないかと思う。

たとえばわたしは動物をかわいいと言うこともこわい。Twitterを開くと犬や猫の写真で溢れていて、犬や猫なら消費してもよいという風潮にひるんでしまう。かわいい、という感情のために生きものが商品として取引されて、私物化されて、中には捨てられたり虐待されたりするものがいるという現実がおそろしいと思う。

では人間や動物はだめだけれど、生命のないものならよい、と言えるだろうか。線引きはどこでできるだろう。

わたしは大学院でウィリアム・モリスを研究している。モリスは、産業革命後の英国で、美を度外視した、粗悪な大量生産品ばかりが出回り、人々の生活が質的に貧しいものとなっていることを憂えて、美しいインテリアを扱う「モリス商会」を設立した。モリスにとって、美は非本質的な飾りではないし、衣食が足りた後にプラスされる贅沢品でもなかった。生きるために必要なもの、人間の尊厳の必須条件だった。そして、資本主義社会のもとでは自分の考える理想の美も富裕層の玩具にしかならないと気付くと、社会そのものの変革に向かい、社会主義者になった。

わたしは彼の芸術観が好きだ。芸術を、ほとんど人間の基本的人権に含めているようなところ、そして芸術家を社会から切り離された存在と見なすのではなく、芸術のために／人間のために（その二つは彼にとって不可分かもしれない）、社会にコミットしていくところが。しかし、彼の理想の社会を描いたとされる『ユートピアだより』を読むと、革命後の社会において人はみな美しく（健康で満ち足りていれば人は自然と美しくなるというのが彼の考えらしい）、その上に美しく身だしなみを整えていて、それは隣人に対する最低限の礼儀なのだ。他者から見て、目に快い存在でなければならない、というのは。それはほとんど景観権と同じくらいの重さを持っていて――そんな世界、ディストピアじゃないの、と思う。景色の美しさと同じように、他者の美しさを賞玩する権利を人々が当然視している、というのは。醜くある自由は、あるいは美しくも醜くもない透明な存在である自由は、人間にはないのだろうか。

美しさを追い求めたら、そこに行き着いてしまうのだろうか？

わたしは一体なんだって、言葉の美を愛し、言葉によって美を作り出そうとしてしまうのだろう？　美しさには何の価値があるのだろう？　言葉の美を愛することには罪がないと、言えるだろうか？

この世界は醜悪で、だから美しいものを作り出すことによってこの世界に抵抗するのだと、言うことはできる。けれど同時に、美しさとは限りなく現世的なものだとも思う。何が美しくて、何が美しくないかを決めるのは現世の規範だ。美しさは人に認識されないと成り立たないからだろうか？　誰にも認識されない美、というのは成り立つだろうか？

　美は人の心を慰撫するだけのものではない、人を刺し、人を脅かすものだ、とも思う。美醜は対立するものではなく、グロテスクさと表裏一体の美というものもある。それでも……。

　歌人みなが美を志向しているわけではないことはわかっている。あるいは、わたしの目には見えていないだけで、そこには異なる美があるのだろうか？　他の歌人たちが何を志向して歌を作っているのか、もっと聞いてみたく思う。


　単純に、わたしは自分がいままで無邪気に信奉してきた価値観の暴力性に、そろそろ目を向けなくてはならない、ということなのかもしれない。

「言葉」についてもそう。わたしは言葉を愛していて、言葉よりほかのものを持たないのだけれど、言葉は決して罪のないものではなく、そこにはこの社会の権力構造が内包されていて、言葉を使うたびにわたしは裏切られるよりないのだった。言葉は、結局「男性」のものなのだろうか？

　と、いう話を、歌壇賞の受賞のことばや、授賞式のスピーチ（ひいては歌集のあとがき）でしたつもりである。

山尾悠子の「夢の棲む街」に〈薔薇色の脚〉と呼ばれる踊り子たちが出て来る。彼女たちは踊るための下半身だけが異様に発達し、ネグレクトされた上半身は矮小化してないも同然、知覚はあるとも思えないという、おぞましい姿で登場するのだが、ここには他者に見られるための「美」を強いられることのグロテスクさがあらわれている。彼女たちをそんな姿に育てたのは〈演出家〉たちで、足の裏に口をあて、〈コトバ〉を吹き込むというのがその育て方らしい。

わたしは、〈コトバ〉を操る演出家であり、同時に〈コトバ〉によって歪められた〈薔薇色の脚〉なのだろうか?

このはなしは、(言葉についてのくだりで少し遠回りしたが)前回のこの欄で書いたこととつながっているのでは、と思う。

前回は、ネット上で発表されたあるエッセイにおいて、他者の(それも社会的弱者の)存在が、感傷の題材として都合よく消費されてしまったことを問題として取り上げた。

短歌でもそういうことが起こり得るし、起こっている、と言う場合、実例を挙げるべきなのだろう。好きでない作品について語ることに対して、躊躇がある。しかしわたしが前回の原稿を書きながら思い浮かべていたのは、千種創一『砂丘律』(青磁社、二〇一五年)だった、という話はした方がいいのかもしれない。

千種はとても歌が上手い、と思う。特に文体のかっこよさは魅力的。短歌を普段読まない人が、『砂丘律』を読んだ、よかった、と報告してくれることが時にあり、けれど、わたしはそれを単純に喜ぶことができないのだった。

千種の歌がかっこいいのは、千種が上手に演出した舞台を見せられているからで。そこに登場する他者は、すべて作中主体の横顔を美しく照らし出すための小道具になってしまっている。その横顔が一番美しく引き立って見える席からしか、読者は見ることを許されない、と感じる。

『砂丘律』に収められた歌の主なものは、中東詠と相聞歌に分けられる。歌集の中ほどに置かれているのが中東を詠んだ作品だ。作中主体はヨルダンに住んでいるらしく、難民、虐殺、革命、といった中東の過酷な情勢が掬い取られている。

難民の流れ込むたびアンマンの夜の燈は、ほら、ふえていくんだ
映像がわるいおかげで虐殺の現場のそれが緋鯉にみえる
政権を支持する友が美しくこちらへリモコンを構える

ちまみれの捕虜の写真の載る面を裏がえすとき嗅ぐオー・デ・コロン

そうした歌は、しかし、あまりに美しくロマンティックで、他者の痛みをドラマとして借りてきている、という感覚を生じさせる。

作中主体は中東においては客人であって、虐殺などの過酷な状況の当事者たることを免れ、中立的な観察者という立場にある。同時に、読者に対しては、その地に実際に身を置いて見て来た者であるという、当事者性を帯びた存在として振る舞うことができる。当事者であり、非当事者であるという、二重の特権性に、これらの歌は見ないふりをしているように思われるのだ。

召集の通知を裂いて逃げてきたハマドに夏の火を貸してやる

政治的議論はやめて友たちが炭火に集いカバーブ炙る

一度しか会わない友も友としてヨルダン、ラマダーンの満月

原爆が落とされたという記述ごとハマドは百科事典を閉じる

「友」という言葉、「ハマド」という具体的な名前、それらは難しい情勢の中で他者

に対してフラットに振る舞う作中主体の姿を描き出すための飾りとして機能してしまっているのでは、と感じさせる。あるいは『砂丘律』というタイトルそのもの。「砂丘」というのは、歌集中に現れる中東の砂漠の光景から来ているのだろう。

深く息を、吸うたび肺の乾いてく砂漠は何の裁きだろうか
生きて帰る　砂塵の幕を引きながら正確なUターンを決める

「あとがき」にも、「だから、この歌集が、光の下であなたに何度も読まれて、日焼けして、表紙も折れて、背表紙も割れて、砂のようにぼろぼろになって、いつの日か無になることを願う」とあり、「砂」のイメージがこの歌集を支配している。けれど、砂丘、というひとつのわかりやすいイメージに、中東の様々な国や、そこに生きる多様な人々をパッケージングして、読者に手渡ししてしまうことは、とても暴力的なおこないであるように思われる。

『はつなつみずうみ分光器』において、〈抒情とは裏切りだからあれは櫓だ櫻ではない咲かせない〉という歌を引きつつ、瀬戸はこう書いている。

むろん、千種はさまざまに過酷な現実を知っている。そして現実を抒情という美しさでコーティングし、そのなかに身を浸すことは現実への裏切りでもあることも知っている、それは承知しているし、自分を戒めているようにも見える。けれど、千種創一という歌人ほどみずからの感傷を美的に詠むことに長けている人、そしてほとんど羞じらいがないようにすら見える歌をたくさん詠む人はめずらしいとも思う。〔……〕そしてこの歌集の魅力はおそらくその「美」＝「抒情」によって「現実」を裏切りかねないこと、その葛藤のただなかにいることをそのままに読者に見せていることにある。（『はつなつみずうみ分光器』、左右社、二〇二一年、一六三頁）

その「葛藤」、しかしそれすらも、わたしにはポーズに見える。葛藤が嘘だと言うつもりはない、けれど、葛藤する者としての歌人は演出家としての歌人によって利用されてしまう。

また、瀬戸は「千種の抒情の美質がもっともくっきりと姿をあらわすのは相聞歌である」（同）と指摘している。美質だけでなく、欠点もまた、とわたしは思う。

千種の文体は口語の使い方、特に会話体が上手いと思うのだが、会話体はその発話を受け取るための他者を必要とする。そして千種の場合、その他者は、自分の思い通りにならない真の意味での他者ではない。言葉を返すことも、まなざしを返すこともない。作中主体の言葉を、視線を、行為を受け止めるだけの、受け身の存在で、その限りにおいてつねに美しいのだし、それゆえに作中主体の呼びかけは失敗することなく、つねにかっこよく決まる。

舟が寄り添ったときだけ桟橋は橋だから君、今しかないよ

〈今しかないよ〉という強引な呼びかけは決まればたしかにかっこよく（気障だけど）、それは暴力のかっこよさだと思う。

また、より直截に暴力が現れる次のような歌も、〈君〉に向けて呼びかけられている。

流し場の銀のへこみに雨みちて、その三月だ、君をうばった
鳩の声のどこかなにかが狂ってて　真昼、君を押し倒すんだ
みずべから遠くでマッチを擦っているおとどい君を殴ったからには

相聞の文脈で現れる、〈うばう〉〈押し倒す〉〈殴る〉といった暴力的な語彙。暴力

は美しいものだ。美しさはこの世界の規範に沿って決定されるものだから、強者は美しいし、支配はロマンティックだ。これらの歌において、他者は作中主体の暴力を、恋を、受け止める器としてのみ存在する。

この暴力は、多くの相聞歌に共通する暴力であり、恋そのものの暴力であり、同時に他者を描くこと、詠うことの暴力でもあると思う。

第Ⅵ部のエピグラフに引かれた、「砂漠を歩くと、関係がこじれてもう話せなくなってしまった人と、死んだ人と、何が違うんだろって思う」という言葉は作者自身のツイートから来ているのだが、これは、自分のドラマを去ってしまった人は存在しないのと同じ、という自己中心的な世界観を示している。自分のドラマのためだけに他者を配置する、千種の相聞歌の手つきが見える。

この歌集に収録された「ザ・ナイト・ビフォア」が歌壇賞の次席に選ばれた時の座談会で、水原紫苑はこの作中主体の、女性に対する立ち位置を批判している。

水原　でも、二十五首目、「もう無理だ、わかってたろう。」、これ女の子に言ってるんでしょう。すごく嫌な感じがして、なんだこいつと思って（笑）。（『歌壇』二〇一五年二月号、五八頁）

水原　私は二十七首目も白秋の「君かへす朝の鋪石」を思うし、三首目も岡井さんの〈抱くとき髪に湿りののこりいて美しかりし野の雨を言う〉を思わせて、上から女を見る男の眼差しがすごく嫌な感じがしたんです。

吉川　男の眼差し、まあ男だからしょうがないけれどね。でもそれが悪いと言ってしまうとやはりまずいかなと。

水原　でもそこが自分の中で相対化されていないってことですよね。

吉川　男性が相対化するというのは難しいわけで。

水原　それはそうですけど、無自覚じゃないかなと思うんですよ。

吉川　無自覚とは思わなかったですけどね。（五九頁）

ここで指摘されているのは、男性と女性の力関係であると同時に、書く者と書かれる者の力関係でもあると思う。書く者が一方的に他者を自分に都合の良い小道具にしてしまうこと、それは文学の中で繰り返し起きている。

そうした暴力にひらきなおることなく、書くこと、特に「美しさ」を書くことは、果たして可能なのだろうか。

虚構と恋と

2021年9月

『短歌研究』七月号に載っている花山周子の「石川美南の〝ファンタジー〟についての考察」を、私は自分への応答として読んだ。石川の『体内飛行』が第一回塚本邦雄賞を受賞した際に、この欄でこの歌集を取り上げ、「各連作を統括する『実人生』という軸の存在に――『体内飛行』というタイトルに思いがけず実人生が追いついた』（一一三頁）というあとがきに――それが実人生であるかどうかなどわからないように騙してほしかったという寂しさを覚えてしまうのだ」と書いたからだ。

花山の評論は、石川の歌において「ファンタジー」と呼びたくなるものの正体は何か、という問いから出発する。その中で、花山は「嘘くささ」という言葉を用いて石川の歌を評している。

一方、石川美南の歌は、モチーフとしてはごく日常の出来事を多く取り込みながらそこに現実のメタファーとしてファンタジーを介在させることで、「私性」の磁場を、ひいては歌のリアルを攪拌するようなところがある。そのような行為の結果として石川美南の歌は一定の嘘くささを保つ。それは、つまり、どの地点からも歌を信じさせない、信じさせるための重力を持たないということなのだ。（一一二―三頁）

リアルともフィクションとも断じ難い石川の歌が「一定の嘘くささを保つ」という指摘は興味深い。少し脱線するけれど、この箇所を読んで、石川の歌は、現実にしては嘘っぽく、フィクションにしてはほんとうらしい、というのではなく、「フィクションにしては嘘くさい」ところがある、と気付いた。ファンタジーやフィクションもその内部におけるリアリティの構築の仕方というのがあって、しかし石川のフィクションは「真に迫った」書き方でそれがつくりごとであることを忘れさせようとするのではなく、むしろつねに胡散臭く、それが虚構であることを繰り返しリマインドしてくるように思われる。だからこそ、かえってそれが虚構の皮を被った現実なのではないかと思わせるところがあるのだ。

そして花山の論は『体内飛行』へと移る。

私が抵抗を覚えた「あとがき」の「タイトルに思いがけず実人生が追いついた」と

いう言葉について、花山は「作品世界のほうから実人生に変化を及ぼされたかのようなこの倒錯こそがいかにも石川美南らしい」（一一三頁）と書いている。その直後に花山は「石川美南の〝ファンタジー〟は〝ウソのようなホントの話〟という〝ファンタジー〟なのではないか」（同）と結論を先取りし、斉藤斎藤の評論「読者にとって『空想』とは何か」（「歌壇」二〇一四年八月号）を引用している。この評論の内容はかなり重要なので、孫引きになるがそのまま引用しよう。

現代短歌の「事実」とは、読者から見た「事実らしさ」である。だから作品の「事実」判定は、その読者が持つ「ふつう」の物差しに大きく左右される。「作者は実体験を書く」という約束事が強固であれば、どれほど異様な歌であっても、読者はそれを事実として丸呑みする。しかし現代短歌では、読者にとって「事実」らしくない出来事は、「空想」として処理されてしまう。そのため、作者が異様な実体験を作品化し、それを「事実」と見なしてもらうためには、読者に受容可能な範囲にまで異様さを抑制しなければならない。現代短歌は、作者の実体験から自立したことで、こんどは読者の「ふつう」の呪縛を受けることになったのである。

この引用に続けて、花山は次のように指摘する。

ホントのようなウソの話をする場合とウソのようなホントの話をする場合と、どちらを人は信じるかと言えば、前者であろう。それでも、ウソのようなホントの話の、その〝ワンダー〟をこそ表現したいとすれば、「読者に受容可能な範囲にまで異様さを抑制」するのでは意味がない。かといって「『空想』として処理されてしまう」のでも意味がない。だから、石川美南の歌はそのどちらに対しても一定の嘘くささを保つ場所を滑ろうとするのではないか。〝ウソのようなホントの話〟をするために。

（二一三頁）

現実は多様であり、驚異に満ちているのに、いかにもほんとうらしいことしか「事実」として受け止められず、残りは「空想」の領域に押し込められてしまう、それを回避しようとしているのだと花山は論じるのである。これは石川美南論としてとても腑に落ちるものだった。石川が愛するものが、現実の「ワンダー」である、というのは。

だとすれば私の書いたことは的外れだったかもしれない。その上で、なぜあの「あとがき」にあのような反応をしたのかというと、これはもう何に心を寄せているかの問題になってしまうのだけれど、自分の関心は「『事実』が『事実らしさ』を求められてしまう」ことの裏返しにある、「空想は『事実』以上に『事実らしさ』を求められてしまう」ことの方にあるのだなと思った。

「事実は小説より奇なり」という言葉がある。私の嫌いな言葉だ。それは人間の想像力を低く見積り過ぎている。現実よりはるかに奇異な小説はいくらでもあるのに、なぜ「事実は小説より奇なり」などと言われてしまうかと言えば、虚構はあまりに突飛だと「現実ではあり得ない」「ほんとうらしくない」と批判され、「リアリティ」を求められるのに対し、事実はどんなに突飛でも事実だというだけで「リアリティ」を求められずに済むからだ。「これは事実である」というお墨付きさえあれば、「事実らしさ」は必要ない。

だから、「実人生」という言葉を使って「これは事実である」と仄めかしている「あとがき」に対して、それはフェアではないのでは、と抵抗を覚えたのだと思う。「事実」だと言ってしまうことで、ワンダーの地位が保証されてしまうことに。そしてそれが、「実人生」としての消費を容易くするライフイベントとともに提示されていることに。

寺井龍哉はこの花山の評論とこの欄の私の論を取り上げて、次のように述べている。

［花山・川野の］両者はいずれも、歌の内実における現実と虚構の境界を、あくまで独自の判断で決めているように思われる。「あとがき」には「「体内飛行」というタイトル」が「実人生に追いついた」とはあれ、結婚や妊娠の記述はない。短歌は言葉であり、現実を模することはあっても、現実そのものとはなりえない以上、花山の指摘した石川の歌の特色は、現実と虚構の峻別を無効化しようとする点にこそ、意義があるのではないか。（「ねむらない短歌時評⑦」『ねむらない樹 vol. 7』二二五頁）

しかし私も花山も、何が現実で何が虚構かという話はしていない。何が現実／虚構として表現され、また読者によって現実／虚構として受け取られるか、という話をしている。

事実かどうか、というより、いかなる「ジャンル」として書かれ、読まれているか、の問題だと考えてもいいかもしれない。散文と違って、短歌には明確な「ジャンル」がない。ドキュメンタリーなのか、リアリズム小説なのか、ファンタジーなのか、それは読者が読んで判断するしかない。短歌の「虚構」をめぐる論議も多くはそこに発しているように思われる。石川の歌はジャンルの境界を跨ぎ越え、エッセイとして読んでほしいのか小説として読んでほしいのか決め難いところに魅力のひとつがあると思っていたのだけれど、『体内飛行』では「これはエッセイである」と（作品の外の、しかし本の中ではある「あとがき」によって）指定されたように感じて、私は少し興醒めしたし、花山はそこに石川のやろうとしていることのヒントを見出した、ということだと思う。

＊

引用した斉藤の評論から思い出したのは、七戸雅人による春日井建論であった。七戸は、「『未青年』をはじめとする春日井作品が男性同性愛を扱っていることについては異論がないにも関わらず、その背後に作者たる春日井自身の欲望を見出す鑑賞には、出会ったことがなかった」（「春日井建をめぐるセクシュアリティの政治」『本郷短歌第五号』二〇一六年、一九頁）と述べる。

このように書くと、作者と歌中の登場人物は切り離して考えるべきだ、春日井がどのようなセクシュアリティを持っていたとしても、作品には何の変わりもないではないか、という反論があるかもしれない。筆者自身、春日井の作品とそれをめぐる言説について考え始める前にはそのような立場をとっていた。だが、この鑑賞態度を春日井の作品群にそのまま適用することは、作品に込められた欲望をあくまでも作品世界内部のものとして扱うことで、作品が潜在的に有している異性愛中心主義への異議申し立ての力を弱めることに繋がるのではないか。（一九頁）

そして、春日井自身のセクシュアリティについては本人からのカミングアウトや伝記的研究がない以上断定することはできないとしつつ、七戸は『未青年』における男性同性愛を周縁化してきた様々の批評を批判的に検討し、また春日井作品におけるアメリカのゲイ・ムーブメントへの接続を指摘している。「明確なカミングアウトがないことをホモセクシュアリティが存在しないことと同視するとすればそれ自体非常に差別的な振る舞いになってしまう」（二七頁）という指摘も重要だろう。

この評論から明らかになるのは、短歌において何が現実とされ、何が虚構とされるかには、政治的な力が働いている、ということである。作者と作中主体は切り離すべきであるという論は広く受け入れられているけれど、その適用のされ方は実は歌のモチーフによって差異があり、社会において「一般的」とされる範囲を逸脱しない人物像を作中主体が持っている場合は、わざわざ「作者とは別」と言われないことが多いのに対し、マジョリティ的でない、主流秩序を侵犯する人物像は、「虚構」の領域に追いやられて解毒されてしまう。

無論、「虚構」という隠れ蓑があるからこそ、カミングアウトしていないマイノリティがマイノリティ性を帯びた作品をクローゼットの中から送り届けることもできるのであり、作者の属性については口を噤まなければならないことも往々にしてあるのだけれど、それならマジョリティ的な人物像やモチーフを扱っている作品についても、作者がマイノリティであったり、作品が全く事実に基づいていなかったりする可能性を常に考えなくてはおかしい。

何が事実として読まれ、何が虚構として読まれるかの力学は、ことほどさように込み入っている。

＊

『水原紫苑の世界』（深夜叢書社、二〇二一年）に平岡直子が寄稿した評論「水原紫苑、恋愛の歌の旗手」が、水原論としてだけでなく「相聞歌」論としても独創的で面白かった。それを受けて、「恋の歌」についてより掘り下げて書くことを水原が依頼したものだろう、『短歌研究』八月号、「水原紫苑・責任編集　女性が作る短歌研究」には平岡の評論「『恋の歌』という装置」が掲載されている。

恋の歌が好きな人が、なぜ恋の歌が好きなのかには興味がある。今まで、「恋」および「恋の歌」は、それがあまりにも主流であったがゆえに疑問視されることがなく、みずからを説明する機会をほとんど持たなかった。だから、恋の歌の魅力が何なのか、納得のいく説明を見たことが（少なくとも私は）なかった。

平岡は「恋の歌の現在にははっきり言って逆風が吹いている」「恋愛の歌そのものよりも、『恋愛をしたくない』『恋愛の歌はつくりたくない』『恋愛の歌をつくれと言われたくない』『恋愛をすることを当然の前提とした社会に暮らしたくない』という意思表示や、その意思表示を含んだ歌のほうがずっとたくさん目に入ってくる」（九八―九頁）と書いていて、それに対しては、どうかなあ、と思う。今まで恋愛の歌の地位が安泰すぎたために、少数の異議申し立ての声さえ大きく聞こえるだけで、恋愛も恋愛の歌もまだまだ覇権を誇っているように思われる。けれど、少なくともその状況の中で、平岡は自身の思う「恋の歌」の魅力を次のように言語化していて、そういった言語化の機会が生まれるのはよいことだと思う。

だけど、わたしはだれかの頭がおかしくなっている瞬間の、こちらの頭をおかしくさせる言葉だけが読みたいのだ。そして、そういう言葉が書かれているのは「恋の歌」と呼ばれるジャンルに多い。（九九頁）

平岡は「恋の歌」の魅力をそう説明する。この弁は正直で面白い。と同時に、それでもやっぱり悲しくなるところがあって、「恋愛」と呼ばれる領域において（だけ）人は「頭がおかしく」なることを許され、奨励されさえしていることを思ってしまうからだ。それは、「恋愛」において暴力が是認されてしまうことと繋がっている。

が、この評論の眼目はそこではない。

社会が斡旋する「恋愛」システムと、短歌における「恋」はほんとうにそこまでパラレルなのだろうか。「恋の歌」は「『恋』の歌」である以上に「『恋の歌』」なのではないかと感じることは多い。「恋の歌」が、単純に「定型という器に恋愛というテーマを入れたもの」だとはわたしには思えないのだった。（九九頁）

こう述べて、平岡は問題の多い「恋愛」システムと、「恋の歌」とを切り離そうとする。そして、「『恋の歌』という枠組みを批評的に利用して、別の表現を出現させている」（九九頁）歌や、「恋の歌の形式をとることによって表現が可能になった自意識の歌」（一〇一頁）を紹介する。

たとえば東直子の〈そうですかきれいでしたかわたくしは小鳥を売ってくらしています〉などの歌について、「どちらもいっけん切ない恋の歌にみえるのだけれど、作者本人の弁によると、どちらも作者の実体験などには関係がなく、それぞれあるメディアから取材した歌だそうである」（一〇〇頁）という。そしてそこから「『恋の歌』は『恋』には関係ないかもしれない、という可能性」（同）を引き出す。

しかし――恋をしなくても恋の歌を作れるのは、それはそうだと思う。他のあらゆる経験と同様。恋の歌が怖いのはむしろ、恋をしようがすまいがうっかりすれば何でも「恋の歌」という引力に引き寄せられ、恋の歌として読まれてしまう可能性があることであり、また「恋の歌」という装置は実際にとても便利だということなのだ。

それでいながら、恋の歌と恋は共犯関係にある。ほんとうは恋でないかもしれないものが「恋」というラベルを貼って差し出され続けることで、恋ではないかもしれない、名付け難い様々のものが不可視化され、名付け難い様々のものを表現する装置として恋の歌は力を得てしまう。かくして恋の歌は「普遍的」という立ち位置を獲得する。恋そのものもまた、恋ではない数多のものを囲い込んで成立してきたのだと思う。そして、恋の歌や恋の文学といった、恋をめぐる言説が、人は恋をするものだと人を騙し続けてきたのだと思う。

恋の歌が魅力的なのは、ほんとうはわかっている。たくさんの素敵なものを「恋の歌」に囲い込まれてきたから。

恋の歌と恋を切り離すことには賛成だ。この平岡の評論のように、「恋の歌」を解剖する論がもっと増えていけばいいと思う。その先で、「恋の歌」がフィクションであるという認識が広まっていけば、恋でないものたちが恋から解放されれば、恋の歌とも和解できるのかもしれない。

女性がトップに立つことについて、およびあまり乗っかりたくない世代論の話

2022年1月

短歌研究二〇二二年一月号に、「新春スペシャル鼎談　いま大切にしたい『言葉』について」と題して、林真理子（日本文藝家協会理事長）・栗木京子（現代歌人協会理事長）・桐野夏生（日本ペンクラブ会長）の鼎談が掲載された。リード文には、「日本を代表する文芸と言論の団体が、揃って史上初の女性トップを選んだこと。それは、この国のいまを象徴する出来事ではないでしょうか」と書かれている。また、水原紫苑責任編集による短歌研究二〇二一年八月号の特集「女性が作る短歌研究」には、「女性たちが持つ言葉」と題し、水原の司会による田中優子（前法政大学総長）と川野里子の対談が掲載されている。こちらのリード文には、「女性初の六大学総長として法政大学総長をこの春まで務められた田中優子さんにご登場いただきました」とある。いずれも、「女性初のトップに就任した」文化人の話を聞くことが主眼の企画である。

しかし、この二つの記事の読み心地は大きく異なっていた。

一月号の林・栗木・桐野の鼎談では、トップへの就任にあたって、「女性である」ということをあまり意識していないという語り口がなされている。特に林については、編集部が「女性だからという以上に、これまでの仕事の積み重ねを経て、自然に理事長になっていたわけですね」（六五頁）と要約し、林も「私も、何であいつなんだと思う方もいらっしゃるかもしれませんが、いちおう選挙で選ばれていますので。自民党の何かみたいにそろそろ女性がいいじゃないかみたいな動きじゃなくて（笑）。公平な、当たり前すぎるようなプロセスを通して選ばれているということです」（六六頁）と強調する。栗木は、「［他の理事のうち］ちょうどいま脂の乗った活動をしていらっしゃる方は皆さん男性で忙しくて。短歌は、短歌だけでは生活できないですから、みなさん本職があるんです。［……］本業が現役の間は、理事長はなかなかできないとおっしゃって、消去法でいくと、一番暇そうなのが私でした（笑）」（六六頁）と語っており、女性がトップに就任したことに深い意味を見出されまいとするような話しぶりである。それどころか、因果関係があると言明しているわけではないものの、歌壇において活躍しているのも、生業を持っているのも、男性のみだという無意識の含意が表出しているように思われた。

桐野のみ、「重責ですから、正直お断りしたい気持ちが強かったです。しかし、女性初ということですから、それなら、とお受けしました。［……］私が十八代目の会長ですが、いま私が引き受けないと、十九代目、二十代目もまだ女性ではないかもしれない。海外では女性の会長は至極当たり前ですので、どちらかというと義務感に駆られてお引き受けしました」（六五頁）、「ジェンダーへの視点、LGBTQの方への視点、多様性に対する視点というものは、今や当たり前のことなので、そのことも積極的に押し出していこうと思っています」（六五―六六頁）と、女性がトップに就任することの社会的責任に自覚的な発言をしている。

また、謙遜かもしれないが、トップに実質的な意味はないと言いたげな姿勢も目立った。栗木は「ただ理事の方が二十人ほどいますし、副理事長、常任理事という方々が皆さん優秀で、しっかりしておられて。実際にはその方たちが全部やってくださるという感じです。私は、『理事長決めてください』と言われたときに、『じゃあこうしますと言うだけです」（六六頁）と述べ、桐野は「いま、勉強中です」「会長といっても私は、林さんみたいに自分からばーっと動く職責ではなくて、組織の『顔』というところがあります。専務理事や執行部の方々が、すごくよく運営してくださっていて楽なんですけれど、それでも義務はある。だから、できないことはできないと言って、無理せずにやっていくしかないと思っています」（六七頁）と言う。

それも確かに「この国のいまを象徴」しているのかもしれないと思った。「女性である」ことを殊更言い立てずとも、ジェンダーに関係なく相応しい人物が登用される――いや、実際にはそんな時代はまだ来ていないにせよ、そのように振る舞うこと。女性初のトップだからといって、特段の革新性や野心、展望といったものを求められず、むしろ謙虚に周囲と協調し伝統を引き継ぐ役目を担うこと。ジェンダー平等や女性のトップが「当たり前」になっていくなら、この毒にも薬にもならなさ、は自然な光景であり、少数の女性トップに過度の期待をするのは間違っているのだとも思われた。

しかし、八月号の田中・川野の対談を読み返したとき、林・栗木・桐野の鼎談に欠けている視点が浮かび上がってきた。田中はこのように語る。

田中　総長としての最後の卒業式のスピーチでそのことを話したんです。私は、六大学、総合大学で初めての女性の総長です。アメリカには女性の副大統領が初めて生まれました。だけど、「それでいいんですか」と、学生たちに問いかけたんです。例としてバス停で殺された、六十代の女性のことを挙げました。非正規で、職を失って、バス停で座って眠るしかなかった女性です。「自分はあの人だったかもしれない」と私も思ったし、多くの女性もきっと思ったんですね。一方で出世していく女性たちがいます、その女性たちは「私は出世しました」と喜んでいて、「それでいいんですか」という問題があるわけです。本当はもっとひどいことをいっぱい私たちはやってきたし、それから、もっとひどい状態になっていたにもかかわらずそこに目を向けなかったんですよ。（一三八頁）

これは非常に重要な視点だ。「女性初のトップ」であることの責任以前に、「トップ」、とまでいかなくても地位や権力を手にした者の責任の問題だと私は思った。自分ほど運に恵まれなかった者に目を向け続けること。その者たちをみずからの半身として生きること。彼らを踏みつけにして得たものを、彼らに還元すること。

林・栗木・桐野の鼎談では、桐野だけが「女性がトップに就任すること」の責任を自覚していたけれど、それは「形だけでも女性がトップに就くことで、自分もできると他の女性が励まされたり、前例ができたりする」という意味合いであって、射程に入っているのはトップを目指すような力のある女性のみであり、また実質的に何かを変えていこうという意識は薄いように見えた。そして他の二人には尚更、社会的責任の意識や、より地位の低い女性たちへの視点が欠けているように思われる。

ジェンダーの不平等の問題は、よく「有能な女性が、女性であるがゆえに出世できない」といった切り口で語られるけれど、有能な（有能って何だろう？）女性だけが特権階級に迎え入れられ、既存の社会秩序は維持され続けるなら、意味がない。この社会において有能である＝社会の役に立つ、かどうかで人間を切り分ける指標には、たくさんの要素が絡んでいて、男性である、とか、「よい家庭」で育った（婚姻している裕福なヘテロカップルのもとに生まれ、そのまま育てられた？）、とか、高度な教育を受けている、とか、心身ともに健康である、とか、民族的マジョリティに属している、とか、異性愛者である、とか、そうした数々の要素の中から「男性である」だけが削除されても意味がなくて、それらすべてを排除した結果純粋な「能力」が残る、などと考えてもいけなくて、社会の役に立とうが立つまいが、誰でも安全に幸福に生きられなければならない、というただそれだけのことなのだ。

自分の話になるけれど、高校まで「今の時代、もう性差別なんてない」と思って成長した私は、東大に入って山盛りの性差別やセクシュアルハラスメントに直面し、それまでの人生で一番大きな挫折を経験した。それは大きなショックで、だから何度もその話をしてきたのだけれど、しばらくして、「勤勉に勉強し、希望に満ちて難関大学に入学した女子学生が、その大学で初めて女性差別に直面する」というストーリーが、「生まれてからずっと女性であるがゆえに差別されていて大学にも進学しておらず、差別の存在に気付く機会もない」という人の境遇よりもショッキングに聞こえるとしたら、それは間違っている、と気付いた。私はそれまで大学に行けるだけの教育を受けていたのだし、リベラルな家庭と私立の女子校という環境の中で差別を受けずに育ったからこそ差別に遭った時に驚き怒ることができたのだし、そんな大学にもジェンダー論の授業はあるし家にはフェミニズムの本があったのだ。

と、言うと自分がバス停で殺された女性と全く交わらない立場にいると思っているようだけれど、それも違う。私も「あの人は自分かもしれない」と思ったのだ。女性で、不況のなか不安定な道に進み、「お金持ちと結婚すればいいでしょ」などと言われるけれどアロマンティックでアセクシュアルの私は、いつ路頭に迷うか知れないとずっと思っている。

引用した田中の発言に答えて、川野（里子の方です、勿論）は次のように述べる。

川野　意識の面で言えば、今の若い女性たちの意識はすごく進んでいると思います。現代の危うさについてもあのホームレスの女性と自分とが繋がっていると思っていますす。ジェンダーの問題に関しても、旧来の女性の型にひっそりとはまってやっていくことではサバイバルできないことはわかってしまったので、もうすっかり女性たちはそういうところから脱出している。資料にも挙げましたが、現代の作品は女性という性が置かれてきた歴史や今日の社会を冷静に時には冷徹に見通していると思います。若い男性たちももう大半は考え方は変わってきています。ところが既成の社会のほうは、依然として、嫌になるぐらい変わろうとしないんですね。どんどん、どんどん、若者といまある社会制度との距離が開いている。（一三八頁）

まず言っておくと、世代の話を私はあまりしたくない。無根拠に「若い世代はなっていない」と貶されるのも、「若い世代は進んでいる」と持ち上げられるのも無意味だし、「若い世代は駄目だけど、あなたは例外だね」と褒めていただくのも愉快ではない。それに反発して、「どうせ上の世代は……」と言うのも不毛だ。それに私にはあまり特定の世代に属しているという感覚がない。人は生きている時代の文脈に組み込まれることを免れないとはいえ、時代をまたいで過去のあらゆる人や事物や作品に影響を受けているのも事実だから。

「若い世代のジェンダー観は進んでいる」という見方にも私は懐疑的で、いや若者だってこの社会の中で育っているんだから結構保守的ですよ、と思っている。だからこの川野の発言にも全面的に賛成はできないものの、林・栗木・桐野の「若い人」観と比べると……。

林　最近、短歌は、若い歌人たちがいっぱい出てきて、すごく新しい流れが出てきているのではないですか。

栗木　若い方が続々と出てきて、すごい才能の方もおられますからそれはいいんですけれども。そういう方が歌人協会に入りたいと思うかというと、年会費を一万円以上払っても何もいいことなさそうだとはっきり言われたこともありますからね。入会を推薦しても辞退させていただきますって。

［……］

林　じゃあ、みんな共通してるじゃないですか、若い人が入ってくれない、今はあんまり魅力がないって、私たち三つの団体に共通している。

桐野　入るメリットが考えられないんですよね、きっと。

［……］

栗木　自分たちでネット上のグループを作ってお互いで濃密に批評し合ったりしてるんですけれども、上の世代の短歌を読もうともしないという方が多い。結社だとまだ、私の入っている塔短歌会などは斎藤茂吉とか土屋文明とかの流れなので、斎藤茂吉の歌集『赤光』を読みなさいとか、嫌々でもやっぱり、ノルマを与えると読んでくれるんですよね。ところが若者だけのグループだと、穂村弘さん以降しか読まないとか、になってしまう。(六九—七〇頁)

こういう発言を見ると、自分は全く「若い人」を代表してものを言うつもりはないにもかかわらず、「若い人」に興味を持たれないのだとしたらそれはそんなふうに舐めてかかっていることが見え見えだからではないですか、と言いたくなってしまう。「今の若い人」にとって、「一万円」がどれほど痛い出費か、わかろうともしていないからではないですか、と。

それに対して、少なくとも川野には「若い人」にとっての「一万円」の重さがわかっている。

貧しい人や地位を持たない人への眼差しが欠けていることと、下の世代を軽んじていることは、つながっているのだろう。現代の若い世代には、地位も権力もお金もないのだから。そういう人たちがトップに就いたところで、社会はよくはならないだろうと思う。

李龍徳の『あなたが私を竹槍で突き殺す前に』（河出書房新社、二〇二〇年）は、排外主義が極まった近未来の日本社会を描く小説だが、そこでは日本初の女性総理大臣が嫌韓政策を敷いている。「女性初」であることは、その人物が反差別主義者であることを何ら保証しないし、出世した女性が女性やその他の被差別者にとってプラスに働く行いをするとは限らない、どころか、保守主義や排外主義が、女性を上に据えることで不満のガス抜きをしたり、女性を取り込んだり、革新を装ったりするということを、この小説は教えてくれる。

この三者による鼎談には、他にもポリティカル・コレクトネスやネットでの言論に対する頓珍漢な発言とか、あられもない皇室賛美とか、恋愛至上主義とか、色々問題があって、稿を改めてそれらについても書こうか、でも今までにも散々書いたかな、と迷っている。

田中と川野の対談には、石牟礼道子を仲立ちとして、「もだえ神」の心＝「共感」というキーワードが登場する。

田中　近代社会では、特に働いている女性たちには「そうなってはいけない」というメッセージがずっと送られ続けてきたし、学校教育でもそうですよね。自他ははっきりと区別して自分を持ちなさいと。「自分の考えを持ちなさい」、私も学生に言ってますけどね。だけれども、［石牟礼は］そこのところをわかっていながら、意識的に自他をなくしていくことができるというんでしょうか、そういう人なんだろうというふうに思います。（一三三頁）

川野　そういうつい「私」という器を溢れてしまう情動的な器だから短歌には危ういところもあって、戦争にも協力しました。「奴隷の韻律」だと言われたこともありますす。その苦さも手放さずにいることが大事なのだと思います。（一三五頁）

田中も川野も、教育と短歌というそれぞれの領域から、「共感」の危うさを言葉にしつつも、自他の境を超えて互いに寄り添い、共感し合うことに希望を見出している。私はやはり「共感」への危惧の方が強いけれど、私がこの対談で高く評価している、他者に対する鋭敏な眼差しは、二人の言う「共感」から来ているのだと思った。「共感」という言葉はあまりにナイーブで危ういので、もっとよい言葉はないだろうか。

栗木らの鼎談は、田中・川野の対談を受けての二匹目の泥鰌なのだろう。しかし後者が意義あるものとなったのは、人選も含めて、コーディネーターである水原の力も大きい。

「女性が作る短歌研究」は水原だからこそ作れた特集だ。その理由のひとつとして、水原が若い歌人を積極的に、かつフェアに評価していることが挙げられよう。互いに異なる者たちが、世代やジェンダーを超えて共闘する場としての「女性が作る短歌研究」はだからこそ作れた。

書籍版で追加された座談会で、「私には、川野さんのおっしゃる他者が入ってくるということについて疑問があって。『私』とは他者であると思うんです、そもそも」（『女性とジェンダーと短歌　書籍版「女性が作る短歌研究」』短歌研究社、二〇二二年、二七一頁）と異を唱える水原なら、川野らが「共感」と呼んだ他者への向き合い方を、何と呼ぶだろう。私たちには「それ」が必要なはずだ。

これはプーチン独裁と天皇制についての話かもしれません。

2022年3月

母が新型コロナウイルスに罹患して自宅療養になり、家族の誰も外出できなくなった家から、私自身微熱が続く状態でお届けします。世界では昨日ロシアによるウクライナへの侵略戦争が始まりました。

戦争について私が今すぐ言えることは「あらゆる戦争に反対する」しかなく、同時に戦争に直接関係のないことで／戦場から離れた場所で傷付き、苦しんでいる人が、「もっと苦しんでいる人がいるから」という理由で自身の痛みを抑圧してしまうことのないように、「こんなに大変な時なのだから」という理由で、他の不正義に声を上げようとする人が黙らされてしまうことのないように、本心に反して「一丸となる」ことを強いられたりしないように祈っているし、痛みを抱えているあなたのために心配しています。戦争はあらゆる意味で人間を抑圧するのだから。

社会的弱者にとって「平時」などというものはないけれど、有事の際に一番酷い目に遭わされるのも社会的弱者です。性的少数者を弾圧しているプーチン政権下のロシアがウクライナに侵攻すれば、その地の性的少数者も迫害を受けることが懸念されています。ロシアのフェミニストたちも反戦マニフェストを発表し、「政治勢力としてのフェミニズムは、戦争の側にいることはできない、とりわけ、占領のための戦争の側には」「戦争は、フェミニズム運動の本質と真っ向から対立している。戦争は、ジェンダーの不平等を強化し、何年も前に達成した人権を退けかねない*」と宣言しました。私は一人の人間として、と同時に、フェミニストとして、クィアとして、戦争に反対しています。

今回は、前回に引き続き林真理子・栗木京子・桐野夏生による「新春スペシャル鼎談　いま大切にしたい『言葉』について」（短歌研究二〇二二年一月号）について書く予定だった。戦争が始まり、「こんな時にこんな些細なことを論じていていいものだろうか」と一瞬思ってしまったのだけれど、右記の理由で、いつも通りのことをしていこうと思った。

なお、この鼎談に参加した三人を特に断罪しようという気はない。この鼎談で語られる言説、そこに見え隠れする思想は、あまりにありふれていて、一種の「典型」であるからこそ取り上げなくてはならないと思ったのだ。

今回焦点を当てるのは、表現の自由を巡る問題である。

桐野　日本だって学術会議が六人拒否されてとか。理由がわからないし。表現の自由、報道の自由を守るためにあるペンクラブです。

栗木　ポリティカル・コレクトネスというんですか。もちろん、偏見とか差別のある言論はいけないけれども、それが監視される社会になってしまうと何も書けなくなる。

桐野　窮屈ですね。本当に何も書けなくなりますね。（七七頁）

この二人の発言において、首相による日本学術会議会員任命拒否とポリティカル・コレクトネス（以下、ＰＣ）がなめらかに接続されている。一体どんなアクロバティックな連想ゲームをしたらそんなことに、と思うのだが、要はＰＣのことを「言論弾圧」だと思っているのだろう。全然違う。ＰＣはフェアな言論の場を作るためのルールのようなものだ。ＰＣが言論統制のためにあるのではなく、立場の弱い者を守るためのものであるのは、憲法が国民を縛るものではなく為政者に制限を課すものであるのと同じようなことで、「ＰＣのせいで何も言えなくなる」と言う者は「憲法があると好き勝手できないから」という理由で改憲を目論む為政者と同じだと言っていい。

PCについては前も書いたけれど、紙幅を取ってまた書く必要があるかもしれない。コンプライアンス（これは組織などが社会的な批判を避けるという保身目的で使われる傾向があるので、そこまで推したい言葉ではないが）についても、栗木は以下のような発言をしている。

栗木　現代歌人協会では、コンプライアンス委員会のようなものを作ろうと話しています。会員の中に弁護士の方も何人かおられますので。あまり強く押し出してしまうと、現代歌人協会は会員を監視したり、罰を与えたりする団体なのかと思われてしまうので、まずは、誹謗中傷するようなネットのツイッターがあって、それに「いいね」を押しただけであなたも同罪に問われることがありますよというところから学んでいきましょうと。（七八頁）

私自身最近現代歌人協会に入会することになったのだが、コンプライアンス委員会ができると聞いてそれをどんなに希望に思ったか、そして現代歌人協会理事長の、コンプライアンスを「監視」「処罰」と混同するような認識の粗雑さ、コンプライアンスの重要性に対する理解の稀薄さにどんなに失望したか、自身の発言が協会員の心理的安全性と協会への信頼をどんなに損なったか、栗木には分かるまい。
この鼎談で特に目につくのが、インターネットでの言論に対する過剰な恐怖と嫌悪である。

林　ネット社会というものがすごく作家に規制をかけていませんか。何でこんな反応するのかとか、何でこんなこと言われるのかと、それで怯えてしまうということはないですか。
桐野　私はあまりないのですが、でも、これからもっと増えるのではないでしょうか。ネットの批判でずいぶん状況が変わってしまうと思います。恐ろしいですよね。
林　ちょっと前までは、私たちみたいに一応、作家だとか識者と言われる人が、メディアの媒体で状況を書いて、読んだ方が、それはそうだ、とか、それは違うわなんて言っていたのに、今は、誰もが参加するじゃないですか、物すごい量の人たちが。私たちみたいにお金をもらって週刊誌に書く人間の、価値はどこにあるのかなと思う。こんなことおれたちだって書けるんだと言われたらそこでおしまいですよ。発言も、何を言われるかわからないと思うと、萎縮してしまうところはありますね。（七七頁）

こんなこと誰でも書けると言われて反論の言葉もないようなものを書いていると思うなら、誰でも書けるようなものを書いてお金をもらってなおかつあなたでなければ書けませんよとおだててもらえなければやっていけないというのなら、おしまいでいいんじゃないでしょうか。

言論に「誰もが参加する」ことによって失われる「価値」があるなら、その価値とは権威性と特権性に他ならないでしょう。

「何を言われるかわからないと思うと、萎縮してしまう」と言うけれど、インターネットの普及以前は他の作家や評論家、研究者、誰からも一切批判を受けたことがなかったのだろうか？　プロとアマチュアの違いに関する後出の引用箇所と矛盾するが、編集者や校閲者からも「ここはまずいんじゃないですか」と言われたこともなかったのだろうか？　自由に発言して誰からも何の批判も指摘も受けなかったのならずいぶん甘やかされているが、そうではなくインターネット上で批判されるのだけが気に入らないと言うのなら、それはなぜなのか？　無名の一般人だからではないのか？　無名の一般人の言うことは信用ならないと思うなら「萎縮」などせずに無視すればいいのに、なぜ気になるのか？

それは無名の一般人が発言すること自体、気に入らないからではないのか。無名の一般人が発言権を持たないままでいてくれなければ、そして彼等が自分の発言を有り難く受け取ってくれなければ、権威性が保たれないということではないのか。

この発言に対する桐野の「小説はフィクションですから。エッセイだってフィクションですけどね。その辺の差異は一般の人にはなかなかわからないのかもしれないですね」（七七頁）という応答も、相当な論点ずらしだ。林は「作家」が「識者」として週刊誌などに「状況」（というのもぼんやりした言葉だが、社会批評といった意味合いだろう）を書く、という話をしているのに、桐野は「小説」や「エッセイ」は「フィクション」だということを、作家の発言を批判する「一般の人」はわかっていない、だから批判は的外れだ、というロジックで林をフォローしているのである。フィクションの中に現実への批評があると信じられているから作家が「識者」として週刊誌などのメディアへの寄稿を求められるのであって、「フィクションですから」を免罪符とするならば、「あなたは小説家であって識者ではないのだから専門外の発言はやめたらどうですか」と言わなくては筋が通らない。

読者であるはずの「一般の人」の理解力をあまりに軽んじているのも気になる。小説がフィクションであることもわからない読者に向けて小説を書いているのか？ それとも理解力の低い「一般の人」は自分の読者ではないと言うのなら、なぜそんな人たちの批判に「萎縮」する必要があるのだろう。理解力のない人（権力者）によって発言の機会自体を奪われるという話なら問題だが、そうした話は一切出て来ていないのである。

栗木　言い募る人が何となく強いみたいな感じになって。いっぱいＳＮＳに書く人がいるじゃないですか。一日中画面の前にいるんだろうかと思ったりするんですが。

桐野　実は少数派なのでは、とも思います。

林　たとえば自民党の総裁選を見ていても、ある候補者にネットの人気が高まると、やはりそういう人の存在感が増したりするじゃないですか。皇室問題なども、多くの人があああいうふうにわっとやると一つの結論が出るわけですね。自分たちが社会を動かした、一種の成果を上げたと思われるのもすごく嫌だなと思う。

桐野　そういう人たちの自己承認欲求を、社会の側が満たしちゃっているんですよね。メディアもくっついていくし。（七七—七八頁）

「一日中画面に貼りついている」という揶揄の仕方や、他者の行動原理を何でも「承認欲求」に求めようとする乱暴な議論、ネットの嫌な部分にだけ毒されている感じがします、というのは置いておいても。

「承認欲求」の話をするなら、自分たちみたいな人間の「価値はどこにあるのかな」、という林の発言こそそれでしょう。自分で自分の言葉の価値を恃むこともできず、社会から自分の価値を承認してもらうことを求めているけれど、他に発言する人たちが大勢出て来たから「私じゃなくてもいいんじゃん」と拗ねているという状況ですよね。

一般人が社会を動かし得たという達成感を得るのが嫌だ、彼等の承認欲求を社会が満たすべきではない、という発言もあまりにも怖い。ネットで集団で嫌がらせをするような人たちが、それによって達成感を得、承認欲求を満たされて同じようなことを繰り返す、といった問題は確かにある。そして桐野らの言う「そういう人たち」は、オンラインハラスメントをするような人たちのことだ、という好意的な解釈もできるのだけど、この三人の発言からはオンラインハラスメントと良識ある批判や有意義な社会運動を区別しようという考えは全く読み取れない。ただ無名の一般人は社会を動かしてはいけないし、自分たちでも社会を動かし得るという学習をさせてはいけない、一般人は自己効力感を持たず承認欲求を満たされてもいけないという、あまりに恐ろしい選民思想が透けて見える。

林の挙げる「自民党の総裁選」や「皇室問題」の例は単純に何を言っているのか私

には不明である。自民党総裁はネットの人気で決まったという話も皇室問題に何らかの結論が出たという話も寡聞にして知らない。ただ怖いのは、林が挙げた例のどちらも、一般庶民には介入することのできない問題であり、更には「権力者」の問題であるということだ。国民主権であるはずのこの国の総理大臣（ということに自動的になってしまう自民党総裁）を、日本国民（という言い方をすると日本に住み日本国籍を持たない人々を排除することになってしまうのだが）は選ぶことができない。天皇制は言わずもがな。すべての国民（繰り返すけれどこれはベストな言葉ではない）が法の下に平等であるはずのこの国で、生まれながらに高貴とされる家族が頂点に立っていて、当然ながら天皇制の存続も皇室のあれこれも、一般庶民が選択したことではない。林はそうした、「やんごとない」人々、権力を持つ人々のことについて一般庶民が口出しをすべきではないのに、己の意見を持ち発言するなどという分不相応な真似をしているのが不満なのではないのだろうか。

それは、民主主義とは真っ向から対立する思想だろう。

栗木　桐野さんの小説『日没』で私が、怖いなと思ったのは、「文倫」という組織があって、SNSをチェックして、こんなふらちなことを書いていますとか、こんな性的に過激なことを書いていますという投稿から情報収集するんですよね。
桐野　そうですね。さっきの林さんのお話に通じると思うんですけれども、やはり読者から来る告発というのが一番恐ろしいですね。
栗木　そうですよね。何となく「あの人は危ない」というのが一人歩きするような、密告社会になる怖さはありますね。（八〇―八一頁）

大衆の同調圧力、相互監視、そういった恐怖はたしかにあるだろう。しかし気になるのは、告発する「読者」だけがクローズアップされ、密告を命じ、弾圧を行う主体――権力というものが透明化されている点だ。学術会議の会員の任命拒否の問題がポリティカル・コレクトネスにすり替えられたように、彼女たちは終始、権力者による弾圧を恐れるのではなく、一般の人（が発言すること）によって自分の自由を侵害されるという想像しかしていないのである。

彼女たちが気にかけているのは自分たちの「表現の自由」だけである。インターネット上などで無名の一般人が自由に表現をすることは許せない。自分が何か発信をすれば、それに対する批判が返ってくることも当然あり得る、そしてその批判に応答することもできる――というのが自由な言論の場であるはずだが、自分だけが自由に発言することを許され、その発言への批判は自分の表現の自由への侵犯と見なされる、というのがこのひとたちの考える理想の言論空間だ。選ばれた者だけが発言権という権力を持つのだから、彼等の自己イメージは権力と同化しており、よって権力による言論統制は見過ごされる。どころか、ナチュラルに言論統制を望んですらいる。

　これはこの三人に限らず、インターネットにおける言論をやたらと怖がる人たちの考え方なのではあるまいか。

林　いまアマチュアとプロとの差がどんどんなくなってきて、たとえば「あなたも小説を発表しましょう」というサイトができていて、詩歌や、歌や、漫画や、小説を発表して、それを買う人がいたらあなたにお金が入りますみたいなサイトができていま す。私たち小説家は、出版社の編集者の手を経て、ものすごいプロフェッショナルである校閲さんが間違いがないか何度も見て、コンプライアンス的にもいいものを出しているわけです。アマチュアの人が、作ったそのままのものが出るという、そういう世の中かなと思うと、怖いですし、プロとしてはこんなのありかとか思うんですけど、もうありなのかもしれないですね。買ってる人もいるし、テレビでも宣伝してる。

（七九頁）

コンプライアンスを「監視」「処罰」と混同した栗木の発言の直後に、それを訂正もせず「コンプライアンス的にもいいものを出している」ことをプロの強みとして挙げる節操のなさには恐れ入るが、この鼎談が世に出たという事実からだけでも、プロの作家も編集者も校閲者もコンプライアンスに関してまともな仕事をしていないことがわかろうものではないか。「アマチュアの人が、作ったそのままのものが出るという、そういう世の中かなと思うと、怖い」と言うけれど、コンプライアンスについてもポリティカル・コレクトネスについてもろくに理解していない人が適当に喋ったままのものが出る世の中であることの方が怖いですよ。

インターネットがフラットな言論空間であり、表現の自由のユートピアだ、と言う気はさらさらない。言論空間としてのインターネットには多くの問題がある。何せ、彼女たちと同じような思想を持つ人々が大勢いる（ことが可視化されている）のだから。自分の表現の自由のことしか気にかけず、自分への批判は表現の自由の侵害と信じ、自身を権力と同一化してしまって、権力による弾圧など考えもしない人々が。

言論空間としてのインターネットにおける最も深刻な問題は、栗木らが案じるようなものではなくて、弱者やマイノリティへのオンラインハラスメントだろうと私は思う。社会の中で発言権を奪われてきた弱者がインターネットでようやく口を開くことができる一方で、そうした人々の口を封じようと苛烈な攻撃が寄せられ、インターネット以外に居場所がないからこそダメージも甚大になる。

それでも#MeToo運動などの社会運動は世の中を変えてきたし、今もロシアによるウクライナ侵略に対してTwitter上で抗議の声が上がり、「#нетвойне」「#Противійни」（ロシア語、ウクライナ語でそれぞれ「戦争反対」）のハッシュタグをつけた投稿が溢れている。

誰でも書けると言われて反論できないようなら、と書いたけれど、私も他の誰にも書けないものを書けるとは思っていない。この文章だって、もっとよく書ける人がいくらでもいるだろう。私を含めて、他の誰にも書けないものを書ける人が、書いて読まれる機会を得るのではない。書いて読まれる機会を得た人は、たまたま日の当たるところにいた人だ。私にできるのは、たまたま得た機会で、私が書くべきこと、少なくともここでは私しか書かないかもしれないことを書くことだけだ。

最後にもう一つ。

林と栗木は鼎談の他の箇所で「林　短歌は、やんごとなき方々との結びつきがありますよね」「栗木　今の上皇后さまは大変短歌がお上手で」（七一頁）などと皇族を讃美する発言をしているのだが、人間には序列があり、序列の高い者のみ発言権を持つ、という選民思想、反民主主義思想はやはり天皇制支持と親和性が高いのだなあというのを突きつけられる。

他の箇所には、次のような発言も見られる。

林　だって短歌って歌ってるのは基本的に恋愛のことですよね。
栗木　そうですね、やはり女性、若い女性は恋愛ですよね。それも苦しい恋。（七四頁）

こういう短歌観、恋愛観、ジェンダー観、若者観にはもううんざりなのだけど、そこに次のような発言を並べてみよう。

林　今でも皇室の方は、御結婚なさるとき、相聞歌をお詠みになるじゃないですか。ああいうのはすばらしいなと思っていて。（七一頁）

すると、相聞歌讃美と恋愛伴侶規範、家父長制、そして天皇制は一直線につながっているという事実が浮かび上がるのである。

＊原文：https://doxajournal.ru/femagainstwar
このサイトはロシア政府による検閲のため現在は閲覧不可能になっている。
日本語訳は高柳聡子先生にご教示いただき、引用の許可をいただいた。

話を聞いたらどうですか？

2022年5月

「価値観の多様化」「新しい時代の価値観」「価値観の変容」「価値観をアップデート」「多様性の時代」「社会の分断」といった言葉を聞くたびに、何を言っているのかよくわからない、と頭が痛くなる。そういった言葉を使う人たち自身は、自分が何を言っているかわかっているのだろうか。

そんなことを改めて思ったのは、『短歌年鑑』二〇二二年版の特別座談会「価値観の変化をどう捉えるか」と『短歌』一月号の新春特別座談会「短歌の継承と変化——時間とともに見えてくるもの」を読んだからだ。どちらの座談会でも、編集部が開口一番次のように言っているのだが、問題提起、というよりは議論を特定の方向に誘導しようとしているように思える。

編集　今、多様性ということが言われ、価値観が増えています。二年前には「生きづらさ」をテーマにしたのですが、価値観の多様化がかえって望まない方向に進んでいるような気がしています。（『短歌年鑑』、一六八頁）

編集　価値観の多様化によってますます世代間の分断が広がっているように思えますが現状をどのようにお考えですか。（『短歌』一月号、一九頁）

座談会はあくまでも参加者の話を聞く場であるはずだが、「価値観の多様化がかえって望まない方向に進んでいる」「価値観の多様化によってますます世代間の分断が広がっている」と、結論を先取りするようなやり方をしているし、「そんな気がしている」と言うだけで、根拠はない。自分の何となくの主観を裏付けてほしくて座談会に人を集めたとしか思えない。

幸いにして、この二つの座談会は必ずしも編集部の望んだ方向へは進まないのだけれど……。

これらの座談会の内容に入る前に、気になっていることに言及しておきたい。

「世代間の分断」といった話題でよく出てくるのは、若い世代が上の世代の歌を読んでいない、という言説である。それについて言いたいことがいくつかある。

まず、「若手世代は上の世代の歌を読んでいない」ことの例証として、『現代短歌』二〇二一年九月号の特集「Anthology of 60 Tanka Poets born after 1990」のミニエッセイ「最も影響を受けた一首」に挙げられる歌が同世代の歌人の作品に偏っていることが挙げられるのだが、寄稿者の一人としてはあまり納得が行っていない。たとえば『短歌年鑑』二〇二二年版の特別座談会「価値観の変化をどう捉えるか」における次のような発言だ。

栗木　「現代短歌」で、一九九〇年以降生まれの作者の特集をやりましたよね。影響を受けた歌人をアンケートしているのですが、回答はほとんど同世代で、上の世代も穂村さんまでも行かない。大森静佳さん以降くらいでしょうか。年代が違う場合は、いきなり山中智恵子とか葛原妙子に行くのです。岡井隆さんや小池光さんの歌がほとんど出てこない。岡井さんや馬場さんの歌は、読んではいるかもしれないけど、スルーしちゃうんだろうなと思って、ちょっと暗澹たる気持ちになりました。（一七三頁）

まずあれは、「アンケート」ではない。ミニエッセイだ。特定の世代における傾向を明らかにする目的で行われたものではない（少なくとも、そういう形の依頼はされていない）。そして、「影響を受けた歌人」ではなく「最も影響を受けた一首」という題である。題名通り、各人一首しか挙げていない。寄稿者が読んだ歌のすべてでは、当然、ない。

　歌人や歌集ではなく「一首」という縛りで、たった二〇〇字でそれを深く論じることもできないとなれば、歌会の場でなど、「初めて出会った」時の個人的なエピソードが語れるものが選択されやすいだろうし、せっかくなら取り上げられる機会の少ない若手の歌を――という気持ちも働くだろう。このアンソロジーに載った歌人や歌、大森静佳と藪内亮輔の対談「このアンソロジーの読みをめぐって」が注目されず、一括りの「若手世代」がどの世代の歌人の歌を引用しているかにのみ関心が向けられているなら――「世代間の分断」を引き起こしているのはその眼差しなのでは、と思う（このアンソロジー自体、扉文や編集後記を見ると若手世代に対して誠実な態度で編まれたものでは決してないのだが）。

　ところで、なぜ山中智恵子や葛原妙子については「いきなり」と言われているのだろう？　岡井隆や馬場あき子と山中智恵子は同世代のはずだし、葛原妙子は世代がひとつ上とは言え、作歌を始めた時期が遅いので活動時期としては岡井隆と同じくらいだろう。小池光はそれより下だが……。岡井隆や馬場あき子なら順当だと思われ、葛原妙子や山中智恵子は「順当なプロセスを飛ばして、いきなり」という意味合いが入るのはよくわからない。

なお、同様に若手が上の世代の歌を読まない、という趣旨の発言でも、どの世代が「読まれていない」かには諸説あるようだ。斉藤斎藤は、『短歌研究』二〇二二年四月号の坂井修一との対談「短歌は『持続可能』か」で、次のように発言している。

斉藤　どうしても若い人だけで集まって、同世代の作品をすごく参照し合うようになっている。歌集を読むにしても、読まれる上限は永井祐さん平岡直子さんぐらいまで。そこからポーンと、佐藤佐太郎とか山中智恵子とかに飛ぶんですよね。ん？　斉藤斎藤？　何それ？　みたいな（笑）。（七八―七九頁）

もうひとつは、そもそも読みたくても刊行から一定の時間が経った歌集は手に入れること自体難しいではないか、ということだ。絶版になった歌集を新装版で復刊する書肆侃侃房の「現代短歌クラシックス」が好評をもって迎えられていることを考えても、問題は若手世代の無関心だとか世代間の分断ではない、のではないか。しかもただでさえお金がない若手の方が、謹呈の輪から外れていて、高い歌集を自腹で買わなくてはならないことが多いのである。

そして三つ目が一番言いたいことなのだけれど、「世代間の分断」ということを問題視する、多くは上の世代、の大部分が、下の世代の「論」を読んでいない――そのことの方が、下の世代が上の世代の歌を読んでいない、ということより問題なのではないかということだ。

前田宏は『短歌』（角川書店）四月号の時評「世代間の分断とは何か」で、座談会「短歌の継承と変化」から、穂村弘の「若い人と喋っていると、それは今は駄目なやつですよ、と窘められることも多い。その外側にさらに見えていないゾーンが広がっているみたいです」という発言を引いて、こう続ける。

文中の「それは今は駄目なやつですよ」というくだりは、基本的歌権（読み方はキホンテキカケンで定着したのだろうか）の事だろう。二〇一八年の現代短歌シンポジウム「ニューウェーブ30年」で穂村が紹介した、今の若手の歌評の仕方が従来とは様変わりしているというエピソードの事だ。このシンポジウムで、穂村は自分の従来型の歌評が「そういう批評はいまは無しなんですよ」と否定された経験を踏まえて次のように語った。

基本的歌権みたいなのが一首一首の歌にある。歌を最大限リスペクトして批評しないといけないから、そう書かれたんだからそう書くだけの理由があると理解しないといけないということじゃないか。(二〇〇頁)

この文章の大筋は、「分断」は年少者と年長者の間にあるのではなく、「各世代を串刺しにする継承・教育システム」(一九九頁)である結社組と、「若手世代中心の自己教育システム」(同)である非結社組の間にあるというもので、ここだけ引かれるのも本意ではないと思うのだけれど、また「基本的歌権」か……とうんざりする。もとになる座談会でも、

島田　いつだったか穂村くんが、誰かに「基本的歌権」があると言われたというエッセイを書いていましたね。つまり、全否定に通ずるような批評はやってはいけないんだ、テキストの原形をきちっと尊重した上で批評しなくてはいけないと。誰に言われたのだったかな。

穂村　寺井龍哉さん。「基本的歌権」という言葉自体は僕の側の解釈で、そう言われ

たわけじゃないけど、読みというか批評的なスタンスの変化を感じました。（三〇―三一頁）

島田　批評には、お前の歌なんか歌じゃねえよ、って「基本的歌権」を頭から否定される場合もあるからね。でも、そこから始まるものもあるんだよ。（三二頁）

など、「基本的歌権」の文字が見える。

歌には「基本的歌権」がある、とか、「基本的歌権」を保障せよ、と主張する若者など、実際には一人もいなかった。穂村が、一人の若い歌人の短い言葉を自己流に解釈して、新しい概念を作ってキャッチーな名前をつけ、若手世代を代表する考えとして紹介しただけである。元の発言の主とされる寺井龍哉自身、『歌壇』二〇一九年二月号に「穂村弘の公式――歌語の開発とその周辺」という特別評論を寄稿し、穂村によるキャッチーなネーミングとカテゴライズが人口に膾炙してしまうことに警鐘を鳴らしている。

それにもかかわらず、「基本的歌権」は若手世代の短歌観を表すものとして様々な論者に引用された。多くは否定的な文脈で。つまりは藁人形である。それに対する、「そもそも誰も基本的歌権なんて唱えていない」という若手の反論が顧みられることはほとんどなかった。

若手の声を聞いたという年長者が勝手に「若手（一般）はこう考えている」と解説して有り難がられる一方で、若手自身が自分の言葉で発信したものが読まれることは少ない——それは、世代間の差異に限らず、他者を本当に理解しようとする人々の取る方法ではないだろう。何人かの「ある属性を持っている他者」と話をしただけで事情通ぶりたがる欲望も、「他者」ではなくその事情通の言葉を聞いて手っ取り早くわかった気になりたがる欲望も、歪なものだ。

（なお、「基本的歌権」という言葉の嫌なところは、それが若者と人権への揶揄になっている、ということだ。いや、穂村は基本的人権を深く尊ぶ者である、ということだったら私の誤解なので申し訳ないのだけれど、この現代日本社会では「人権」や「権利」といった言葉は忌避されがちだし、「若い人は権利意識ばかり強い」といった言説は（称賛ではなく、批判として）よく見られるように思う。そんな中で、「基本的歌権」などというネーミングや、それを「若い人」と結びつける言い方は——「権利意識ばかり強く、一首の歌という、人権が存在するはずがないものにまで基本的人権らしきものを認めようとする若者」という揶揄、あるいは戯画として機能してしまっているように思える。それだからこそ受けたのだろう。）

『歌壇』一月号の特集「気鋭歌人に問う、短歌の活路」に寄稿された奥田亡羊の「短歌地図が違う」は、次のように始まる。

漠然とした話だ。ここ数年、大学で短歌を教えるようになって、短歌を志す若い歌人たちと話をする機会が増えた。会話をしながら、びっくりすることがある。（三六頁）

そして「学生短歌会に所属し、短歌総合誌にも寄稿する、ある若手歌人」が「ときどき、首をかしげたくなるような変な発言をする」と言い、その歌人が岡井隆を「まだ読んでいない」と発言したことなどを取り上げている。

また彼は、歌集が読みたくても、学生には歌集の値段が高すぎるという。買えるのは書肆侃侃房の歌集までなのだと。しかし大きい図書館には全集もあるではないか。それとも書肆侃侃房が出版する若い歌人の歌集にしか興味がないのだろうか。（三六―三七頁）

はなから「書肆侃侃房の歌集にしか興味がない」者が、価格的に「書肆侃侃房の歌集までしか買えない」ことを嘆くはずがない。読みたい、という話をしているのである。話を聞いていないのでは？

こんなところで、答えを知っているわけもない読者に向けて「だろうか」と呼びかけるよりは、目の前にいるその「彼」に直接聞いた方がよほど理解が深まると思うのだけど、他者を理解するよりは「最近の若手は……」と苦言を呈したい読者の共感を呼ぶ方を選んだということだろうか（私の目の前には奥田はいないので、だろうか、と言っておく）。ある「他者」の声を直接聞いたと言うのなら、自分の主張に沿った部分だけ摘み食いをするのではなく、きちんと相手の声に耳を傾けるべきではないのか。相手が若手であり、同じ総合誌の誌面で反論することが難しいならなおさらである。

終わりの方では、

私に話しかけてくれる学生歌人の言葉から浮かんだ疑問をすくい上げているだけ

で、どれも個人的な印象に過ぎない。（三七頁）

と再び留保をつけながらも、結局「だが、歌壇の中にいま大きな断層が生まれつつあることは確かだ」（三七頁）という結論へと飛躍する。「歌壇が分裂してもかまわない」（三七頁）という結論には私も異論はないけれど、だったら何がしたくてこんな文章を書くのだろう。

そして、このきわめて「漠然とした話」「個人的な印象」が、今度は『短歌研究』三月号の柳澤美晴「新しい短歌地図とは」において、あたかも確かな情報であるかのように引用され、「上の世代の歌を読まない若手歌人」像が強化されていく。この点も、穂村弘の「基本的歌権」の件と同じである。若手の話を直接聞いたと称する者が事情通の位置に立ってしまうのである。

柳澤は奥田の記事について次のように要約する。

この学生は現代短歌に知悉し、短歌総合誌にも寄稿しているという。一方で前衛歌人の代表格たる岡井隆の歌は読んだことがないようだ。なんとアンバランスな。（一六七頁）

この箇所を、奥田の記事の該当箇所と比較してみよう。

学生短歌会に所属し、短歌総合誌にも寄稿する、ある若手歌人とよく話をする。学生時代には俵万智の『サラダ記念日』しか知らなかった私に比べたら、彼の博識には感心させられる。ところがその彼がときどき、首をかしげたくなるような変な発言をするのだ。（三六頁）

よく見ると、奥田の記事では単に「博識」だったのが、柳澤の記事では「現代短歌に知悉し」と範囲を限定されており、「同世代の作品には詳しいが、違う世代の歌には興味がない」若手歌人像が一人歩きを始めているのである。

そんな中、学生歌人が支持するのは比較的安価で、かつ多くの若手歌人を起用した書肆侃侃房の歌集なのだという。（一六七頁）

これも、すでに引用した奥田の文章と比較すると、話がすり替わっているのがわかる。奥田と話した「彼」が言及したのは、（書肆侃侃房等を除く）歌集の値段が学生には厳しいということのみであって、支持するともしないとも言っていない。「多くの若手歌人を起用する」という要素を付け加えたのは奥田なのである。柳澤はその後「安価」という要素には触れず、若手歌人が若手歌人の作品しか読まないという奥田の主張に同調する。

藁人形論法ではないか、これは。

まあそれでも、奥田の記事が柳澤の記事に引用されるにあたって何が改変されたのは、原文を辿ることによって検証することができる。しかし、奥田の記事に引用された「彼」の言葉とその真意については――その引用によって失われたもの、歪められたものが何なのかは――読者には検証できないのである。もとの発言は活字化されていないし、プライベートなもので証言者もいないし、「彼」が訂正する機会もないから。

私が先ほど「博識」から「現代短歌に知悉し」への改変にこだわったのは、「彼」のモデルになった人を知っているからだ。モデル、と言ったのは、「彼」はほとんどフィクショナルな存在になっているからである。

実のところ、その歌人は時代や世代に関係なく、様々な歌人の歌集や歌論を非常に熱心に読み、勉強している人であって、「若手は上の世代の歌を読まない」説の反証のような人だと私は前から思っていた。奥田は「大きい図書館には全集もあるではないか」と言うけれど、この歌人は当然図書館で全集も読んでいるし、今は流通していない歌集を古書店で買い集めて読んでいる。だからこその、「歌集の値段が高すぎる」「歌集へのアクセスが難しい」という嘆きだということは、少し話せばわかったことだと思う。

ちなみに本人曰く「岡井隆を（第二歌集までしか）読んだことがないのはほんとうです」とのこと。「奥田さんの世代はライトヴァースの陰に隠れてあまり読まれてないんじゃないですか？」（奥田、三六頁）という発言については、「実際言いました。もう少し五〇代の歌人にも目を配ってほしいと思っているんでしょうし、それは理解できますが、『現代短歌全集』の八〇―八一年版が安く出回っているおかげで、六〇年代末までの歌集の有名どころは読めるものの、それ以降は靄がかかったようになっており、探索するのに苦労した／しているという話を、こういう形で書かれるのは甚だ心外ではあります」と言っていた。また、学生歌人が書肆侃侃房の歌集をよく買うことについては、「一般的に市場在庫が豊富だからそうなりがちという話こそしたものの、そうは言っていないと記憶しています」と言う。

「短歌総合誌にも寄稿する学生歌人」という部分が奥田の記事でも柳澤の記事でも

繰り返されているのも、無意識の印象操作という感じがする。その歌人が総合誌によく寄稿しているという印象は私にはない。もっとこの人自身の論が読まれる機会があればいいのにと願っている。

この歌人は異なる世代の歌人にも深い関心があるからこそ奥田に積極的に話しかけたのだろう。その言葉が、こんなふうに断片的に、歪められて、自説の補強に使われてしまうのは悲しいことだ。

分断とか分裂とか言うけれど、「話しかけてくれる学生歌人」がいるような状況を分断だとは思わない。対話は他者同士の間に生まれるものだから。でも、対話しようとした他者の言葉をそれ以上聞こうとせず、藁人形に仕立て上げるのなら、分断を起こしているのはその人の方だろう。

で、冒頭で触れた『短歌』の座談会二つにおいても、世代の断絶や時代の変化をテーマにしながら若手歌人は一人も呼ばれていないのだけれど、本題に入る前に紙幅が尽きたので次回に回します。

対話を閉ざすもの

２０２２年９月

前回、『短歌年鑑　令和四年版』（角川文化振興財団）に収録された特別座談会「価値観の変化をどう捉えるか」（沖ななも・栗木京子・坂井修一・黒瀬珂瀾）に触れた。本題に入る前に紙幅が尽きてしまったので、今回はこの座談会の内容を読んでいきたいと思う。

前回指摘したように、この座談会では編集部が結論を先取りし、議論の方向を誘導しようとしており、座談会の方法としてかなり不適切であると言わざるを得ない。

編集　今、多様性ということが言われ、価値観が増えています。二年前には「生きづらさ」をテーマにしたのですが、価値観の多様化がかえって望まない方向に進んでいるような気がしています。（一六八頁）

「多様性」を、「価値観の多様化」をどのように捉えているのか、深く突っ込んで聞いてみたいことがこの三行だけで随分ある。「価値観が増えている」とはあまり聞いたことがない言い回しで、何を指しているのは不明であり、これだけでも「価値観の多様化」といった概念をあまり理解していないのではないかとしか思えなくなる。そして、「かえって望まない方向に」とはどういうことだろう。誰が「望んでいない」のか？ 主語を補うなら「私」のはずである。社会は「私の」望まない方向に進んでいる、と。しかし、「かえって」という副詞を入れることで、「『価値観の多様化』なるものを推し進めていた人々にとって、予想や期待に反して、望ましくない方向に進んでいる」「『価値観の多様化』なるものは失敗である」というニュアンスを持たせ、自らが「望まない」主体となることを回避しているのである。

せめてはっきり言えばいいのに。「二年前には『生きづらさ』をテーマにしたが、私は生きづらくなかった。だから『生きづらさ』を解消しようとする『価値観の多様化』の流れを私は望まない」と。そうしたらせめて、他者の「生きづらさ」を解消することが、「価値観の多様化」が、あなたにどんな不利益をもたらすのか？ と問うことができる。しかしこの「編集」氏は、現代社会の進む方向に苦言を呈することを望みながら、主語を曖昧にし、その役割を座談会の出席者に押し付けているのである。

編集部の中身のない問題提起を受けて、参加者一同が中身のない発言をする中、一人で軌道修正を図っているのが黒瀬である。

黒瀬　ポリティカルコレクトネスを、不用意なことを言うと責められる、みたいに自分に対する抑圧と受け止める雰囲気があるけど、そうじゃなくて、ポリティカルコレクトネスは、人間としてよりよく生きる叡智をみんなで考えましょうという趣旨なので、短歌が時代の表現である以上、関わってくるのは当然です。過去に問題発言があったから糾弾される、といったことじゃないので、豊かな可能性として見たほうが明るいと思う。

編集　ポリコレと豊かさをもっと説明してもらえますか。

黒瀬　人間個人の生をどう求めるか、ですね。結婚だって個人の結婚に見えて実は家同士の契約だったわけじゃないですか。だからいろんな人が他人の結婚という領域に踏み込んでくる。それは、私たちの生活が実は個人のものではなく、自分の生活を誰かに売り渡してきたから。人間は社会的存在だからルールには則るべきだけど、そのルールは公平に見えて実はヒエラルキーの産物だから。不満が無いように見える人もこっそり聞いてみたら実は違うなんてことがざらにあるわけで、そこら辺から生まれ

る感覚や、時代に即した生のあり方を模索する方が、短歌表現の可能性が広がる気がします。（一六九頁）

それに対して、編集部はなおも食い下がる。

編集　でもその不満を言いづらくしてるのが、ポリコレではないかとどうしても感じてしまう。

黒瀬　そうですかね、言いづらくしてるのはバックラッシュですよ。まあ、そういうせめぎ合いによって社会は動くもので、一気にどっちかの方向に行くのは日本社会には向いてないとは思うけど。（一六九頁）

憶測だが、編集部もいわゆる「ポリティカルコレクトネス」や「価値観の多様化」の恩恵を全く受けていないということはあまりないのではなかろうか。単純な進歩史観では語れないけれど、江戸時代や明治時代に比べれば、個人の人権が重んじられるようになり、生まれや育ちに縛られずに自分の生き方を自分で選べるようになっている。明治時代の方が生きやすかった人などはごく一握りだろう。それなのに、差別を減らす、様々な生き方を認めるという方向性がこれ以上進むと困るというのは、「自分の分け前はもうもらったから、それ以外の人のことは気にかけたくない」と言っているのと同じではないか？

座談会の参加者たちも、次第に「若い世代」や「新しい価値観」に対して粗雑な語りをするのではなく、黒瀬の発言を理解する方向に動いていく（黒瀬も、「若い世代」や「新しい価値観」に対する全面的な擁護者ではない。念の為）。

坂井　〈引用者注：栗原寛〈わがかほに化粧をすればもうすでにアッシェンバッハ側の人間〉について〉『ヴェニスに死す』の歳とった人の立場に立つのはそんなに悪いことじゃない気がするけど……。

黒瀬　それはずっと見る側だった人のお考えで、見られる側としての精神性を持っていた人間から言わせれば、男性的な志向で表現したときに……。

坂井　わかった。なるほど。

栗木　このあいだ皮膚科へ行ったら、若い男性がいっぱい脱毛に来ている。そういう時代なんですね。

黒瀬　僕個人は毛深い男に魅力を感じるけど、抜きたきゃ抜きゃいいの。男は抜くなっていう感覚は逆に言えば、女はムダ毛処理しろっていう強制力になっちゃう。
栗木　そうですね。失礼しました。
沖　今までこうあるべきだったのがちょっとずつ変わってきて、せめぎ合いなんですね。まだ私の理解の及ばないところがあるんですよ、個人的にはね。（一七五―七六頁）

その中で、編集部だけがずっと異を唱え続けるというか、話を蒸し返し続けるのが異様な座談会である。

編集　今、若い世代では、傷つくのは嫌だ、何か言われるのは嫌だと、匿名性にこだわる傾向があると思いますが。（一七〇頁）

編集　単純な疑問として、作者の弁明は許されないのですか。先の「誘拐」〈引用者注：荻原裕幸〈どこの子か知らぬ少女を肩に乗せ雪のはじめのひとひらを待つ〉について〉も、想像の歌だよと言ったら終わりでしょう。（一八九頁）

編集　今は絶対的な価値観がなくなって、賞の選考が難しくなっていると思いますが。（一九一頁）

座談会の参加者の間では、多少なりとも〈対話〉が生じている。互いに意見を交換し、考えを変えたところもあれば変わらないところもあるだろう。編集部だけが、対話をしていない。ひたすらに自分の意見を押し付け、自分の望む方向に議論を誘導しようとするだけだ。自分と意見が違う参加者には「もっと説明してもらえますか」と発言の根拠を求めるのに対し、自身の発言は「〜とどうしても感じてしまう」という言い訳めいた構文や「単純な疑問として」という（明らかに単純な疑問ではなく自分の意見を押し付けたい時に用いる）留保によって、感覚のみに基づいた曖昧なものであることに安住し、対話から逃げている。

坂井は現代の（直後に「グレタさん」が出てくるので、文脈的には、おそらく若い）人々について、「でも価値観のずれは常に持っている。それを持って生きていることで共感し合っている感じはするけれど、やっぱり世代的に閉じている気がします」（一七八頁）と評している。しかし、後で話題に上がる「炎上」にせよ、そのもとになる個々人の批判・抗議は対話の意思から来ているわけで、「閉じている」のは批判を「炎上」

と括って頑なに拒絶する人々だろうし、「彼らは閉じているのだ」と評する態度こそが対話を閉ざしている（私は「上の世代こそが閉じているのだ」と主張したいわけではない。特定の発言者の特定の発言を批判しているつもりである。念の為）。

前回、私はこのように書いた。

分断とか分裂とか言うけれど、「話しかけてくれる学生歌人」がいるような状況を分断だとは思わない。対話は他者同士の間に生まれるものだから。でも、対話しようとした他者の言葉をそれ以上聞こうとせず、藁人形に仕立て上げるのなら、分断を起こしているのはその人の方だろう。

私は、〈分断〉と呼ばれる状況があるのならそれを作り出しているのは編集部のような態度だと思う。

*

この座談会の内容について、もう少し見ていこう。すでに見たように、「ポリティカルコレクトネス」と「バックラッシュ」の問題が言及されている。座談会の冒頭、「何かSNSはやられてますか」という編集部の問いに答える形で、栗木はこう語る。

栗木　今、ポリティカルコレクトネス、偏見や差別を含まないニュートラルな表現が頻りと言われてますよね。私は思慮の足りない人間なので、ヒヤヒヤしながら発言しています。ふと言ったことがNGだったりして、町の世話好きおばさんみたいなことが一切言えなくなった怖さも感じています。私もSNSはやらない。「イイネ」で拡散したり不用意なことをやりそうで。［……］

栗木　非常に気を遣う世の中になったというのが実感です。（一六八頁）

無思慮なことを言うのが怖いからSNSはやらないというのは正しい判断で、やらなくていいと思う。それによって失ったものがあるようでもない。しかし、それだけのことにどうしてこんなに被害者意識が強いのだろう。「思慮の足りない人間」という自覚があり、そのままでいたい、「気を遣う」ことはしたくないというのなら、それによって批判を受けるか、批判を避けるために口を噤むか、どちらかを選ぶ必要がある。

無思慮なままで、誰からも批判されず誰にも気を遣わない自由が、今までは確かに一部の人にはあったのかもしれない（し、今もあるだろう）けれど、それは他者から奪った自由だったのだと、他者の安全や平等を損なった、不当な権益だったのだといことは知っておいてほしい。

インターネットの発展で、無思慮な発言は今まで以上に多くの人の目に触れるようになったかもしれない。今までは来なかった抗議が来て驚くかもしれない。しかし、今までだってその無思慮さが人を踏み躙っていなかったわけではないのだ。

（こう書いたけれど、インターネット普及以前は本や雑誌がもっと売れていたし新聞も皆が読むものだったことを考えると、メジャーな出版物に載る文化人の〈無思慮な発言〉は、少なくとも同じ言語圏内では、今まで以上に拡散していたはずだ。黒瀬も「今はいろんな人にまでテクストが届きますからね」（一八三頁）と発言しており、今までは読まなかったような人にまでテクストが〈発見〉され、その結果コンフリクトが起きている、という共通認識があるようだが、事実は、〈発見〉されたのは批判や抗議の方だったのではないか、あなたたちは今までもずっと見られていたのであり、あなたたちに見えなかったものがようやく見えるようになっただけではないか、と思う。）

また、批判を受けると言うと、「社会的に抹殺される」というふうに解釈する向きも多い。「NG」という栗木の言葉選びからも、人の言動は「OK」か「NG」かの二択で、それも絶大な権力を持った何者か（大衆）によって断罪されてしまう、と捉えているらしいことが伺える。それゆえの被害者意識なのだろう。けれど批判は検閲でも言論統制でもない。批判を行うのは、大抵の場合、何の権力も持たない市井の人間であって、栗木のような文化人の持つ言論の自由をその人もまた行使しているに過ぎない。

すでに書いたように、批判を受けるというのは対話の余地があるということだ。間違っていますよと言われたら、どこが間違っているのか自省して、本当に間違っているとわかったら正せばいい。正さずに間違ったまま生きていくこともできるが、深い思慮や賢明さが期待される仕事には、向かないかもしれない。しかし「思慮の足りない人間」として生きていきたいなら、思慮を求められる仕事が減るのは苦痛ではないだろう。

先に引用した黒瀬の「ポリティカルコレクトネスは、人間としてよりよく生きる叡智をみんなで考えましょうという趣旨なので」「過去に問題発言があったから糾弾される、といったことじゃないので、豊かな可能性として見たほうが明るい」という発言はその通りで、どんな人でも差別や過ちをしてしまうことはあるという前提のもと、なるべく差別的な言動をしないで済むために蓄積された集合知がポリティカルコレクトネスなのだ。

更に言うなら、ポリティカルコレクトネスは「思慮の足りない人間」にやさしい。これは集合知であり、社会をより良くするためのものなので、すべての人間が深い思慮を持ち合わせていることを前提にはしていないからだ。

ポリティカルコレクトネスというのは絶対的な正しさを標榜するものでもないし、さほど厳しいものでもない。倫理の最先端でもない。ただあなたが差別をしたくない、迂闊に人を踏み躙りたくないと思いながら、何が差別に当たるか分からずに困っているなら、ひとつのガイドラインとしてポリティカルコレクトネスは役に立つ。その程度のものだ(ではポリティカルコレクトネスに従うのは思考停止なのではないか、という議論は成り立つ。それについてはいずれ書きたい)。

だから別に、そんなに怖れなくていい。

『短歌』(角川文化振興財団)二〇二二年三月号の「歌壇時評」で、前田宏が「短歌の多様性」と題してこの座談会に触れているのだが、「時代の疲労感を表明したのは栗木と沖」「一方、坂井と黒瀬は時代の変化には楽観的なようで」(二〇一頁)と参加者の立場を要約しているのに違和感を覚えた。私には、黒瀬が「楽観的」とは思えなかったからだ。時代の変化に対して肯定的なのではなく、社会の現状に対して批判的であるがゆえに、現状を変えようとする動きに希望を見出しているのであり、またすべてが変わってよくなるとも思っていない（「バックラッシュ」もまた現代社会の現象のひとつである）のだろう。黒瀬の発言すべてに賛成するわけではないが、そのように思えた。

時代の変化、とひとまとめに言っても、そこには個人の手の届かない企業や国家、自然現象などの要因もあれば、市井の人間が懸命に動かしているものもあり、それらは区別して語るべきではないか。

そもそもこの座談会のテーマである「価値観の変化」とは何なのかについても、引き続き論じていきたい。

「価値観の変化」とは何か？

2022年11月

よく聞く「価値観の変化」とは何なのだろう？

前回、『短歌年鑑　令和四年版』（角川文化振興財団）に収録された特別座談会「価値観の変化をどう捉えるか」（沖ななも・栗木京子・坂井修一・黒瀬珂瀾）を詳しく取り上げた。しかし、テーマとなっている「価値観の変化」「価値観の多様化」「新しい価値観」とはどういうことなのか、編集部が理解して問題提起しているようには思えなかった。

現代は価値観の変化が激しく、ついていくのが大変だ、という嘆きをよく聞く。そうしたことを言う人は、倫理と流行を履き違えている可能性が高い。

たとえば、「ＬＧＢＴＱ」といった言葉がまるで現代特有の問題であるかのように使われるのをしばしば目にする（この座談会でもそうだった）けれど、そこに分類されるような人々はこれまでもずっといた。見えないことにされ、踏まれていただけである。女性や人種的マイノリティ、病人や障害者もいた。一人の人間として認められず、構造の中で犠牲にされる人々がいた。

フェミニズムやポリティカル・コレクトネスの考え方は、今まで犠牲にしてきたそうした人々をもう犠牲にするべきではないというものである。目指されているのは現代性ではなく、普遍性であり、流行ではなく倫理である。今までもずっとそうであるべきだったことが、ようやく実現に近づいているというだけのこと。「正しいこと」が変わったのではなく、今まではずっと、正しくなくても構わないとされてきたのだ。

別に、現在多くの人に支持されている倫理観こそが絶対的に正しい、と言うつもりはない。人間が絶対的な善に辿り着くことは不可能だろう。けれど、「価値観の変化」と呼ばれている現象において、徒に「変化」することに重きが置かれているわけではないことを押さえておかなくては、議論にならない。


昔は人生の途中でこんなふうに社会の価値観が大きく変わることはなかったのに、今では一生価値観をアップデートし続けないといけないのか、と言う人もいる。すでに述べたような理由で、「アップデート」という表現は適切ではないと私は考えている。

けれど、一生価値観をアップデートし続けないといけないのか、と問われたら、ある意味で「そう」だ、と私は答えるだろう。しかしそれは、現代という時代についていくためではないし、同時代の人々と同じ価値観を身につけるためでもない。単に、人間は不完全だからだ。対象が何であれ、一生学び続けても足りないから。二十歳くらいまでに仕入れた知識と周囲から植え付けられた思想で一生渡っていくことができる時代があったのなら、それが不健全だったということに過ぎない。

今は、かつてよりは学びやすくなった。いないものとされていた人々の存在が目に入りやすくなり、抑圧されていた声が聞こえるようになってきた。だから、あなたが今より未熟で今より無知だった時に形成した偏見を強化し続ける人生より、偏見を正し続ける人生の方を選びたければ、機会は（かつてよりは）潤沢にある。少しでも、善に近づきたければ。それだけのことだ。

そして、今も不可視化されている存在、抑圧されている声は無数にあり、これからそれらにも光が当たっていく――と、単純に信じることはできない。バックラッシュを乗り越えて光を当てていく、その仕事をするのは私でありあなただからだ。だから、今学んだことも絶対ではなく、これからも知らなかったこと、知るべきことが際限なく出てくるだろう。それは、希望ではないのか。

変化していくトレンドを追いかけるのに疲れた、と思っている人がいるなら、休んでいい。常にトレンドの最先端に立つことを自らに課しているなら別だが、「トレンドを追う」ことに価値があると思っていないなら、倫理をトレンドと矮小化し、「たかがトレンド」と軽視しながら、「トレンドが自分（を敷衍して、人類全体）を縛っている」と苦言を呈するくらいなら、トレンドを追うのを休んだらいい。

休んで、ゆっくり考えたらいい。自分が何に疲れているのか、何に反発しているのかについて。自分の価値観がいかなるものなのかについて。今までの自分の価値観もその当時のトレンドによって作られていたのではないかということについて。今まで自分がどういう「トレンド」の中にいたのかについて。

そして、あなたが何を目指したいのかについて。移ろっていく流行ではなく、目指すべき普遍的な善とは何かについて考えたらいい。その上で、現在多くの人に支持されている倫理観と、自分の真摯な倫理観との間に齟齬を見出したら、前者をきちんと批判するといい。人間は不完全なのだから、現在多くの人に支持されている倫理観にも多くの瑕疵がある。それでも、それは多くの人々が現状の問題を批判することによってなんとか形作られてきたものだから、あなたも、批判に値すると思ったことは批判するといい。

一人の思想家の思索が、現在多くの人に支持されている思想のずっと先を行っている（先を行く、という言い方をすると進歩史観的だけれど）ということも充分にあり得る。人類全体が、遅々たる歩みで学んでいる最中であり、学んだことを共有し、社会全体の合意を作っていくにはもっと時間がかかるのだから、いわゆる「ポリティカル・コレクトネス」といったものが中途半端に見えたりもするだろう。だから、批判するといい。学んだ上で。学ばずに優れた思索など生まれないのだから、今更新されていく倫理を批判するためには、聞きかじりではなくきちんとそれを学ぶといい。

「絶対的な正しさなんてない」とか、「正義の暴走」とか、そういう悪しき相対主義や冷笑主義に陥るのはやめてほしい。正しさとか、倫理とか、善について、真剣に思索してほしい。自分が正しいと思うことを口にしてほしい。あなたも、どんな正義にも、どんな倫理にも支えられていないわけはないのだから。

でも「もうちょっと価値観アップデートしてくださいよ」「最近の価値観だとそういう発言はアウトなんですよ」と言われたことがある、という人も多いかもしれない。それは、「本当のこと」を言っても仕方がない相手だと思われている可能性が高い。きちんと倫理や善悪の話をしても聞いてくれないが、「古くてダサい」「新しいとかっこいい」といった言い方をすれば上辺だけでも言動を改めてくれるかもしれないと思われている、ということだ。そのくらいもう、信頼されていない、対話の可能性を諦められているかもしれないと思った方がいい。

とは言え、この文章は所謂「上の世代」への苦言のつもりで書いているのではない。個人間の会話ならともかく、メディアや著名人が「価値観をアップデートしよう」「アップデートしないと時代に取り残される」といった発信をするのは不誠実だと思うし、またそういった発言をする側が、戦略としてやっているのではなく実際に「古いのはダサい」程度の考えしかないこともままある。自分と同じ、あるいはそれ以下の世代の人の多くが鋭い倫理観を持っているとは全く思わないし、一見「新しい価値観」とやらに一致した言動を心がけているように見える人が、「今の自分は若いから時代についていけているけれど、年を取ったら時代の価値観に取り残されてしまうだろう」と懸念したり、「モラルなんてものは流行に敏感な人のものになった」と賢しらな分析をしたりしているのもよく見る。若い世代ならわかっている、という話では別にない。

手元に『短歌・俳句・連句の会でセクハラをしないために』（二〇二二年二月発行）というパンフレットがある。短詩の世界からセクハラをなくすための具体的な提言をしている非常に有用な冊子なので、何がセクハラなのかわからないという人には是非手に取ってほしいのだけれど、批判したい点もいくつかある。

たとえば「なぜ結婚しないの？」といった、個人のプライベートな部分に無遠慮に介入するタイプのセクハラについて、次のようなアドバイスがされている。

これらはセクハラととらえるよりも、マナーの問題だととらえて適宜教えてあげましょう。「そういう質問は、最近の若い世代から嫌われますよ」など、周りの人がやんわり言ってあげたらどうでしょうか。（二三頁）

本屋B&Bで行われた、『短歌・俳句・連句の会でセクハラをしないために』刊行記念トークイベントに登壇した際にも指摘したのだけれど、「若い世代から嫌われますよ」といった物言いは、処世術としては仕方ないものだとしても、パンフレットで推奨するべきものではない。「セクハラだ」と指摘する声を抑圧するものにもなり得るし、相手からも何が問題なのか理解する機会を奪うからだ。

何が悪いのかもわからないまま、「嫌われる」といった曖昧な脅しをかけられた側は、恨みを募らせて「ポリコレだ何だと言うが思考停止じゃないのか」「正義の暴走だ、ファシズムめいている」「最近は窮屈でたまらない」といった言説に迎合してしまいかねない。

繰り返すけれど、処世術として「そういうこと言うと嫌われますよ」と言う人を咎める気は全くない。何が悪いのか分かる気もないなら分からなくていいからとにかくその口を閉じてくれ、と思う時は私にもよくある。ハラスメントを受けた人が力を尽くして相手を説得しなくてはならないなんてことはない。

何が悪いのかわからずにハラスメントをしてしまう人も不幸だろう。自分のしてしまったことがなぜ悪いのか、誰も説明してくれなくなるとしたら、人の握ってしまった権力というのはほんとうに悲しいものだ。そういう人が、何が悪いのかを学ぶ機会を作る責任は、ハラスメントを受けた側ではなく、社会にある。

先ほどの引用の後には、このようにある。

これからも継続する人間関係なので、できるだけ円満に解決できるにこしたことはありません。その点で、「セクシュアル・ハラスメント」という言葉は相手を「加害者」として名指す点で、ある種の強さを持っています。その後の関係がぎくしゃくしてしまうこともありえます。たとえば、「いまそういうの若い人たちはダメなんですよ」と言えば、「ああそうか、ごめんごめん」というふうになるかもしれませんが、「それ、セクハラですよ」と言うと、相手に逃げ道を与えないような強さを持つこともありえます。（二三一―二四頁）

「ハラスメントだ」と指摘された人が、人格否定をされたかのようにいきり立ったり、自分こそが名誉毀損の被害者であるかのように振る舞ってみせたりすることはよくある。そこまで行かずとも、深く傷ついてしまうということもよくあるだろう。

しかし、「あなたのしていることの言動は加害行為である」と指摘することは、「あなたは未来永劫〈加害者〉である」というレッテルを貼ることではない。加害行為は、誰でもし得る。誰でも加害者になり得る（引用文ではまるでセクハラは「年配の人」が「若い人」にするものであるかのように記述されているけれど、それは間違いだ）。指摘されたら、改めることができる。してしまったことは取り返しがつかないし、被害者に許してもらえるとは限らないが、今後同じ過ちを繰り返さないことはできる。

それは他のあらゆる過ちと変わらない。それなのに、ハラスメントの場合にはなぜ、「加害者だと言われた」と逆上したり、あるいは過度に恐怖したりするような態度が散見されるのだろう。それは決して、ハラスメントと戦ってきた人々の責任ではない。

「何を言ってもセクハラだと言われる」「セクハラだと言われただけで社会的に抹殺される」といった、事実に反する言説を流して恐怖を煽っているのは、アンチ・フェミニズムやフェミニズム・バックラッシュの人々だ。

「セクハラだと言われただけで社会的に抹殺される」といった誤解を正すためにも、私は「セクハラという言葉自体を避ける」のではなく、「セクハラだ」とはっきり言っていく必要があると思うし、ハラスメントをしてしまいがちな（権力を持った）立場の人と、ハラスメントをされがちな（力の弱い）立場の人との間の相互理解の道もそこにあると思う。

しかし、「そういうのは今はアウトですよ」という曖昧な物言いをされて苛立つ人も、「セクハラですよ」とはっきり言われて傷つく人も、なぜ相手がそう言わなければならないのかを理解する必要がある。フェミニズムやポリティカル・コレクトネスがあなたの敵ではないことを、あなたの理解を阻害しているのはむしろアンチ・フェミニズムであることに気づいてほしい。

ハラスメントという概念やポリティカル・コレクトネスに対する無闇矢鱈な嫌悪には、「自分にはわからない基準で突然断罪される」恐怖があり、善悪の基準が自分には理解できない、手の届かないものになってしまったと思っているのならそれは怖いだろう。善悪の基準が自分の中にあり、何をしたら「悪い」のかわかっているならそんな恐怖は生まれない。だから、何がハラスメントにあたるのか、何が差別にあたるのかを周知徹底するしかない――のだけれど、「それは差別である」という発信すべてに対して、「それは言論統制だ」「表現の自由の侵害だ」といった反発がつくのが現状である。だけど結局、それしかない。

先ほど私は、トレンドを追うのに疲れたと思っている人は、一度休んで自分の目指すべき普遍的な善について考え、それに基づいて現状を批判するといい、と書いた。しかしすべての人に、世の中の流れ（とその人が思っているもの）に背を向けてでも、自分の求める正義について考え抜け、と言うのは酷なのかもしれないと思う。ではどうしたらいいのか、というと、社会全体の認識を底上げするために、なるべくやさしいガイドラインを作り、合意を形成していく必要があって、そのガイドラインのひとつがポリティカル・コレクトネスだと思う。前回も私は、「ポリティカルコレクトネスは『思慮の足りない人間』にやさしい。これは集合知であり、社会をより良くするためのものなので、すべての人間が深い思慮を持ち合わせていることを前提にはしていないからだ」と書いた。ポリティカル・コレクトネスに従うのは思考停止なのではないかという議論は成り立つ、とも。
前田宏は『短歌』（角川）二〇二二年三月号の「歌壇時評」で、この座談会を取り上げ、次のように述べている。

筆者は栗木の「発言に気を遣う」という発言が、本当に気を遣った事になるのかが気になった。（中略）
栗木がどのような発言に気を遣ったのかは判らないが、炎上が怖いから気を遣うという事なら、SNSでの炎上を恐れる人々と変わりはないだろう。筆者はポリコレへの認識が、臭いものに蓋をするという捉え方で為されてしまうと問題の解決にならないと思う。また、黒瀬のようにポリコレを叡智と言うなら、人々の意識の変革に繋がってこそだろう。（二〇一―二〇二頁）

この記事全体は論旨がつかみにくいし、座談会に対する認識も私とは大きく異なるが、「ポリコレ」とやらのせいで「発言に気を遣わなければならなくなった」と言っている人は、本当には気を遣っていない、というのは正しい。今までも気を遣ってこなかったし、これからも気を遣うつもりはない、ということを表明しているに過ぎない。

　しかしポリティカル・コレクトネスを「臭いものに蓋」と捉えているのはアンチ・ポリティカル・コレクトネスの人々であって、そうした人々が「ポリコレのせいで窮屈になった」と言っていることをもって「ポリティカル・コレクトネスは人々の意識の変革に繋がっていない」と批判するのはお門違いだ。

　ポリティカル・コレクトネスを「臭いものに蓋」ではなく人類の叡智として活用するにはどうしたらいいのか？　先人たちが積み上げてきた思考と対話の産物に敬意を払って、そこから学び、「巨人の肩に乗る」こと。そこで立ち止まらず、新たな思索を付け加えていくことしかない。

ハラスメント相談所訪問記

２０２３年１月

またもやハラスメント相談に行ってきた。

またもや、と言うのは、私が学生時代からハラスメント相談のために学生相談所、ハラスメント相談所、カウンセリング室、精神科、学生支援課、弁護士、警察、etc. と、あらゆるところをかけずり回ってきた猛者だからである。なりたくてそんな猛者になったわけではないのだが。

今回は、私が教員の立場で、相手が教え子だった。赴任してからまだ一ヶ月の出来事だった。

驚きはしない。そういうことはあるだろうと思っていた。どんな場所に行ってもそういうことはある。あった。

驚きはしないが、無論不快である。教室の最前列に座っているこの学生がそんな目で私を見ていると知りながら毎週授業をしなければならないことを思うと、精神的に参ってしまいそうだ。最悪、身の危険がある、とこういう時私は思うし、それを発想の飛躍とは思わない。最悪、身の危険がある。といつも思いながら生活している。

まあ、エスカレートしないうちに、ここらでさくっとハラスメント相談窓口に行っておきますか。と、思った。もう、チュートリアルみたいなものだ。新しい場所に行ったらまずはハラスメント相談窓口を探す。売店や食堂より先に、まあ図書館の次くらいに。相談する人が誰もいなくて相談窓口が錆び付いてしまってはいけないし、学生から教員へのセクハラの相談の前例がなければ私がケーススタディになればいい。貴学のハラスメント対応力、見せていただきましょうか――。

と、バトル漫画ぶったモノローグをつけて予約したハラスメント相談の日時が近づくにつれ、しかし猛者のはずの私の手足は震え、動悸が激しくなり、息が苦しくなってきた。昨日から食べ物がほとんど喉を通らなかったのも、これのせいだったのだろうか。無理矢理食べたベースブレッドを吐きそうだ。

ハラスメントの話をするのは、怖い。

その程度のことで、と言われるだろうか。悪気があってしたわけじゃないんだから、と言われるだろうか。あなたが魅力的だから、と言われるだろうか。そんな服装をしているから、と言われるだろうか。取り返しのつかないことにならなくてよかった、と言われるだろうか。被害妄想、と言われるだろうか。

はじめてハラスメント相談所に行った時は、めちゃくちゃに泣いた。他の機関から紹介されて（盥回しされて）行ったのだが、間に入った機関がちゃんと情報伝達をしてくれていなかったらしく、私と相談員の間に誤解があって、話すのがつらい話を散々させられた挙句に、その時一番言われたくない言葉を言われたのだった（しかし、誤解があろうとなかろうと、あれは相談者を追い詰める話しぶりではなかったか？）。

お世話にもなった、感謝はしている、でも、ハラスメント被害に遭った人に相談されたなら、私は、相談所に行くといいよとは言えない。

警察に行った時も――あれは弁護の余地なく警察が悪かったな。散々な経験でした。それ以上は話したくない。

その他、こちらに寄り添う気がない、信用する気がない、むしろ罪人扱いしさえする相手に向かって自分の受けた被害を説明した経験は数知れず。

友人知人にも、私はカジュアルに被害の話をする。セクハラに遭った話、ナンパに遭った話、跡を尾けられた話、日常会話としてするのだけれど、それは日頃から気軽に（気軽なふりをして）話をしておかないといつの間にか私の口が縫い閉じられてしまうからで、そうなってからでは遅いのだ。けれど、そんな話をしなければ友人のまま別れられただろうという相手も何人もいる。この人が二次加害をする人だと知らずにいられれば。知っていても、直接自分に突きつけられさえしなければ。どんなに話しても無駄なのだと、重たい徒労感とともに思い知らずに済めば。

相手を試したくてこんな話をするのではない。誰のことも試したくなどない。疑いたくなどない。このひとは私になにかあった時に、したり顔をして本人にも落ち度があったと言うようなひとなんだななどと、考えながら生きたくはない。

ハラスメントを受けた話をする時、私は味方を見つけるつもりで行くのではない。世界中を敵に回す覚悟で行く。

そもそも相談窓口に辿り着くまでが大変だった。これは特定の大学を批判するつもりで書くのではないから、私の勤務先への穿鑿は遠慮してもらいたい。

非常勤講師室に戻ってすぐ、「○○大学　ハラスメント相談所」で検索してわかったのは、この大学にハラスメント相談所はないということだった。代わりに教員や職員、医師などがハラスメント相談員を兼任しているらしい。しかしハラスメント相談員の任にあるのが誰で、連絡先はどこなのかまでは、大学のサイトからは（学内者向けのサイトも含め）わからない。人事センターなどの窓口に掲示してあるとのことだったので早速窓口に行ってみたが、どこにもそんな掲示物は見当たらない。仕方がない。私は腹をくくり、胸を張ってこう言う。

「ハラスメント相談員の連絡先を知りたいんですけど」

声に出してそう言えば、私がハラスメントに遭っていて、それについての相談を考えているということが、その場にいる人なら誰にでも、わかる。私は猛者だからいいけど、これまでハラスメントについて相談したことのない学生だったら、あるいはハラスメントをしてきたのが学内の権力者だったら、この時点で諦めて引き返すだろうと思う。

事務の人は戸惑って、別の事務の人に聞く。しばらく待って、ようやく連絡先一覧の原本が出て来て、それをコピーして渡してくれる。

私は慣れないキャンパスで、人気のない場所を探す。学生や教職員の行き交う場所で、「もしもし、ハラスメントについて相談したいんですが」なんて電話はさすがにできない。うろうろしたあげくに柱の陰に座り込んで、一覧から適当に選んだ番号に電話をかける。すると、電話口に出た人が「〇〇センターです」と部署の名前を名乗る。相談員個人にではなく、相談員（本業は教職員）の所属部署にかかるのだとすると、またプライバシーの問題があるな……と思いながら、「〇〇さんにご相談したいことがあるのですが」と言ってみると、「〇〇は退職しましたが……」と言われる。えっ……。「えっ、あー、じゃあ、いいです」と言おうとすると、「〇〇と何かお約束が……？」と聞かれ、「あ、いや、他の方にも聞けることなので、はい、大丈夫です」ともごもごと誤魔化して、切る。私はハラスメントについて相談しようとしています！と宣言しなくてはいけない場面にあと何度遭遇すればいいんでしょう。

次にかけた番号は、（複数の相談員が所属している模様だが）誰も出ず。三つ目の番号でようやく相談員につながった。

そんな経緯だから、この大学のハラスメント相談窓口は機能しておらず、形ばかりなのではないかという懸念も故なきものではなかった。

ハラスメントだなどと深刻ぶった顔で来るから何かと思えば、教員ともあろう者が学生からこの程度のことで？　くらいのことは言われるかと思った。

実際には、相談員の先生はとても真摯に話を聞いてくれ、寄り添ってくれた。大学全体のシステムの中できちんと対処してもらえるかはまた別の問題だとしても。相談に辿り着くまでに直面した数々の難関のことも伝えて、改善してほしいとお願いした。

手足の震えも動悸も完全には収まらなかったけれど、話をした後はお腹が空いて、おにぎりを買って食べた。それから学生でいっぱいの駅のホームの自動販売機でセブンティーンアイスを買って食べた。

こう書くと、ハラスメントに遭ったら泣き寝入りしないで即行動する、というふうに思われるかもしれないけれど、そんなことはない。

相談に向かいながら、ほんとうはもうひとつ、話す勇気が出るかわからない、と思っていた件があって、そちらはその大学の教授によるセクシュアルハラスメントなのだった。

年長の男性に対して、そういう発言はセクハラですよ、と笑いながら（あるいは真顔で）言うのがだいぶ上達したと思っていたけれど、若手研究者がアカデミアで仕事を得るのがこんなに困難な社会で、仕事を紹介してもらうことになった半分学生、半分教員の若い女性として、採用に関わる教授にそれを言うことが、できなかった。そのひとが「最近はLGBTとかLGBTQとかLGBTsとか色々あって、ややこしいよね」と言った時も、「LGBTQ『A』っていうのもありますよ」とにっこり笑ってさりげなくアピールする以外に、何もできることはなかった。私がそのAだと言ったら不採用になるのかな、と思いながら。

ほんとうに、私が担当したい授業だったから。

その時はまず、仕事が決まる前だから大学のハラスメント相談を利用することもできなかったわけだけれど、仕事が始まってからも相談する勇気は出ずにいた。非常勤という不安定な立場で、お世話になった先生の機嫌を損ねることは怖かった。

ハラスメント相談に行った先で、言えそうな雰囲気だったので、その話もしてきた。誠実に受け止めてもらえて、肩の荷が下りた気分だったけれど、それは自分の権利が守られた安堵感ではなくて、義務を（多少は）果たした安堵感だった。

自分が守ってもらえる、守られていい、守られたい、と思うことができない。同じような被害から、他の人たちを守らなければ、そのために戦わなくては、と思ってしまう。

ハラスメントに遭った人の多くがそうなのではないかと思う。

自分のために戦うこと、逃げること、休むこと、頼ることができない。でも他の人たちのために戦わなくてはと思う。戦えないことが後ろめたくなる。

短歌の世界で遭ったハラスメントのことを、私はまだ公に語ることができない。

それは保身だ、と私の中の誰かが言う。声を上げなくては何も変わらないよ。

でも被害者の身を守ること以上に大事なことがある？　と私は必死に言い返す。被害者が捨て身になって、矢面に立って告発するところを見て、他の被害者たちはほんとうに救われる？　自分もそうしなくてはならないと追い詰められるのでは？　……ああ、私は、また、「他の被害者のために」という話法に陥っている。

この件では、ほんとうに色んな人たちと話をして、感謝している相手もいれば一生許さない相手もいるけれど、お世話になった人たちは、私に安全でいてくれと言うのだった。表沙汰にするのは、危険だ、と。私の安全のために一生懸命動いてくれた人たちがいて、その恩を返す方法が「無事でいること」しかない以上、私はなんとか無事でいるほかないのだった。

私は戦った、ぼろぼろになるまで力を尽くしたけれど、その経緯を第三者に対して逐一明らかにすることはできない。ＳＮＳで、全く関係のない人に、事実関係を明らかにすることを求められたこともあるし、今もどこかで色々言われているのだろうと思うけれど、野次馬を満足させるために自分の安全を犠牲にすることはできない。

それでも――ＳＮＳなどでハラスメント被害の告発を目にするたび、その確実に立派なおこないを自分のみじめさで汚したいわけではないのに、私には告発ができなかった――という罪悪感がこみ上げてくる。私もそうすべきなのに、できなかった。今もできない。

そして私の文章を読んだ時に、おなじように追い詰められる人がきっといるだろう。そんなふうに感じてほしくない。

高松霞主催のプロジェクト「短歌・俳句・連句の会でセクハラをしないために」が幕引きを迎えた。

高松は二〇一九年から二〇二一年にかけて、インターネット上で短詩の世界でのセクハラの体験談を収集し、セクハラ問題に詳しい研究者のコメントとともにnoteで公開した。更に、二〇二一年十二月にクラウドファンディングを行い、全国の三二五の結社・団体に、「セクハラを許さないという姿勢を口頭ではなく書面で示してほしい」「専門の相談窓口を作ってほしい」という要望書と、前述のネット調査の報告書、そしてパンフレット『短歌・俳句・連句の会でセクハラをしないために』を送付した。このパンフレットは一部の書店で一般販売もされている。

この要望に対する各団体の回答が二〇二二年十一月にnoteで公開された。回答期限を一ヶ月延長したにもかかわらず、回答は一七団体に留まったという。

この連載の中で、パンフレットの記述を批判的に取り上げたこともあるが、私はこのプロジェクトを本当に意義深い、素晴らしいものだと思っているし、高松の行動力と志に敬意を表する。

顕名で自分の受けたハラスメントの話をするのは、非常にリスクが高く、個人への負担も大きい。二次加害や誹謗中傷を受ける危険があるし、短詩型のような狭い世界では、活動を続けることが難しくなるかもしれない。身の安全すら脅かされる。ハラスメントを受けた人は沈黙し、被害は見えなくなる。だから、体験談を収集し、個人を特定できない形で公開するというのは、被害を可視化するのに非常によい方法だと思う。これらの体験談を読む人は、匿名ですら被害を告発できない人が大勢いることを心に留めて、自分が目にすることができたのは全体の中のほんの一部なのだと思って読んでほしい。

各団体や組織への働きかけを行った、というのもこのプロジェクトの画期的な点だ。#MeToo運動などを「私刑の横行」「売名行為」「冤罪が増える」と非難するような言葉をネット上などでよく見かけるけれど、それほどまでに個人が矢面に立たなければならないなら、「私」刑にならざるを得ないとしたら、冤罪であるか否かの証明を個人がしなくてはならないなら、仕事を怠っているのは誰なのか。それは「公」であり、権力のはず。ハラスメントについて適切に調査し、取り締まるという役目を然るべき機関が然るべく果たしていれば、個人による告発など不要なのだ。だから、#MeToo

運動に批判的な人こそ、司法によるハラスメントへの取り締まり強化に向けて働きかけてほしいところ。というのは余談として、公権力とまでは行かずとも、組織・団体における権力が、その集団内部でのハラスメントを防止し、取り締まるために適切に振るわれる必要があるだろう。個人の良識や勇気に頼るのではなくて。

結果、回答した団体は約二十分の一。

石原ユキオによる「俳句と生存のネットプリント　副産物の会 vol.6」に高松によるエッセイ「ただ、生き残るために」が載っている。

2022年11月、文学フリマ東京で短歌の友人のブースでパンフレットを販売してもらった。それをツイートし合ったところ、友人の元には「高松霞はどういった人物か」「どういった形で連帯できるか」という問い合わせが数件届いた。友人は男性で、問い合わせてきた人物も全員男性である。友人は「高松さん、どうする？」と連絡してきて、私はただ戸惑った。彼らは要望書の提出先でもあったし、プレスリリースの送付先でもあったからだ。私はそれまで、正しい、少なくとも、自分が正しいと信じていることを真っ直ぐにぶつければ、答えてくれるはずだと信じていた。私が男性であっても、女性であっても。

あまりにやるせない。それでも、このプロジェクトには意義があったし、その意義をこれからの私たちが活かしていかなくてはならない。私に何ができるだろう。私が、私たちが、生き残るために。

名前をつけられているのは、あなたのほう

2023年3月

昨年の短歌研究新人賞の選考座談会があまりにひどくて、冒頭一頁で本を閉じてしまったまま何ヶ月も経った。

斉藤斎藤　このところ短歌でも、女性の生きづらさといったフェミニズム的な視点がある作品だったり、あるいはLGBTQやアセクシュアルな人が主人公の作品がうたわれてきましたが、今回の応募作にも、「フェミニズム」とか「レズビアン」などと、定義づけできるような作品が多かったんです。（『短歌研究』二〇二二年七月号、四二頁）

名前をつけなければわからないが、名前をつければわかった気になる、というだけだろう。

で終わりにしたいところだが、続きを引用する。受賞作であるショージサキの「Lighthouse」についての発言である。

斉藤　短評に多形倒錯と書きましたが、これはフロイトが言っています。女子校とか男子校に通っていたら、同性愛的な感情だったり経験だったりを持つことはめずらしくないでしょう。それがそういうこともあったね、で終わるひともいるし、同性愛者として生きていくひとも、バイセクシュアルになるひともいる。（四二―四三頁）

あまりに異性愛中心主義・男性中心主義なフロイトをセクシュアリティの話題で持ち出すのは不見識と思えるし、「倒錯」という言葉は（どこまで概念を広げようと）「正しい」性のあり方があることを前提とする。「女子校とか男子校に通っていたら、同性愛的な感情だったり経験だったりを持つことはめずらしくない」といった言説は、「同性を好きになるなんて一時の気の迷い」「本当にいい人に出会っていないから異性を好きになったことがないだけ」などと人をあくまでも「異性愛者」の枠に閉じ込めるために使われてきた。同性への恋や性的感情は、若さゆえの・周囲に異性がいないがための・擬似的な・一時的な・本物ではないものとして扱われてきたのである。斉藤は「それがそういうこともあったね、で終わるひともいるし、同性愛者として生きていくひとも、バイセクシュアルになるひともいる」と言い、一見「一時の気の迷い」論とは線を引いているように見えるけれど、「共学に通っていたら、異性愛的な感情だったり経験だったりを持つことはめずらしくないでしょう。それがそういうこともあったね、で終わるひともいるし、異性愛者として生きていくひとも、バイセクシュアルになるひともいる」とは言わない。

斉藤　いまはLGBTとか性同一性障害とか、セクシュアリティがわりとはっきりしている人の権利を考えよう、みたいな風潮がつよいですけど、人間の性にはどうにでも転ぶところもあって、そういうところをすくい取っている作品なのかな、と思いました。（四三頁）

これは端的に誤りだ。いったい、短評では「LGBTQ」と書いていながら、こちらではあえて「LGBT」にしているのはなぜなのだろう。「Q」は「クエスチョニング」または「クィア」の頭文字であり、「クエスチョニング」は「自己の性自認または性的指向がまだ定まっていない、あるいは意図的に定めていない」状態を指す言葉、「クィア」は狭義の「LGBT」（レズビアン・ゲイ・バイセクシュアル・トランスジェンダー）だけでなく、それ以外の多様な性的マイノリティを包括する呼称である。ちなみに前に引用した箇所で「LGBTQやアセクシュアル」と発言しているが、「Q」にはアセクシュアルも含まれる（無論、だからといって「アセクシュアル」を並べるのが畳語であるという気はない。「LGBTQA」（A＝アセクシュアル）といった表記もある）。

つまり、「LGBTQ」という言葉の中にすでに揺らぎや不定性、定義できなさといったものが含まれているのだ。「セクシュアリティがわりとはっきりしている人の権利を考えよう、みたいな風潮がつよい」と言うときだけ「Q」の字を外したのは、自身の認識が誤っていると薄々感じ取りながら言葉の上でだけ帳尻を合わせようとしたものだろうか。

だから、ここでまるで「LGBTQ」の権利運動とは相反するもののように語られている、「人間の性にはどうにでも転ぶところもあ」るという考えは、むしろ「LGBTQ」の運動の中で繰り返し発信されているものなのである。性的指向や性自認には流動性があること。変化したからといって、それが間違いであったことにはならないこと（たとえば一時期同性愛者であった人がその後異性愛者になったとしても、その人がその時「同性愛者であった」ことが気の迷いや嘘であったことにはならないこと）。性的指向や性自認が「先天的」なものでなくとも、差別していい理由にはならないこと（しばしば、性的指向や性自認は「先天的」であって変えられないのだから差別してはいけない、と言われるけれどそれは間違っているということ）。「LGBTQ」の運動は決して、「セクシュアリティがわりとはっきりしている人」のためだけのものではないのである。

あるいは迎えて読めば、斉藤の発言には「セクシュアリティがわりとはっきりしている人の権利を考えよう」としている主体が誰なのか示されていないので、「LGBT」と「性同一性障害」と「セクシュアリティ」の区別がわからない（斉藤のような）人々の間では、「セクシュアリティがわりとはっきりしている人の権利」だけ考えればいいという風潮がある、という話かもしれない。

やや話はずれるが、「LGBTQ」には「Q」も含まれると言ったからといって、「LGBTQ」あるいは「LGBT（QA）」といった用語が適切なものだと考えているわけではない（よって、「」をつけて引用する）。もともとが、マイノリティの中でのマジョリティ四つの頭文字を並べてそれでマイノリティ全体を代表させようとする転倒や、L・G・Bまでは性的指向、Tのみ性自認という、全く異なるカテゴリをごちゃまぜにする粗雑さは、その後にQやAといったアルファベットをいくら連ねても修復できるものではない。アルファベットをすべて網羅したってそこから零れ落ちるものはある。名付けの暴力性という話で言えばこの言葉にはたしかにそれがある。この言葉は、セクシュアル／ジェンダーマイノリティといった言葉の持つなまなましさや深刻さを脱臭するためにマスメディアがもてはやす流行り言葉に過ぎず、使っている人も斉藤のように意味を理解していない場合が多い。

たとえば斉藤は「LGBTとか性同一性障害とか」を「セクシュアリティ」に直結させているが、すでに指摘したように性的指向（セクシュアリティ）に関わるのはL・G・Bまでで、Tは性自認（ジェンダーアイデンティティ）を指す言葉。「性同一性障害」は医学的な概念であってまた位相が異なり、性自認と身体的性が一致しない状態のうち外科的手術によってそれらを一致させることを望む状態（つまり、手術によって「治療」されるもの）と定義される。範囲としてはトランスジェンダーの一部である。しかし「性同一性障害」という分類はそのような状態を「障害」＝「正常でない状態」とみなす考え方であるとして批判もされており、WHOはこの言葉を廃止して「性別不合」という名称に改めた。

などと書くと、重箱の隅をつついているように見えるかもしれないが、引用した数行だけ見てもこれほど間違いだらけの認識で、「フェミニズム」や「LGBTQ」をテーマにした（と斉藤が考える）作品への批評に説得力があると思えるだろうか？「『フェミニズム』とか『レズビアン』などと、定義づけできるような作品が多かった」「『女性の生きづらさ』みたいな言葉でくくれるところから一歩踏み込んで」と言っているが、その定義もくくりも滅茶苦茶なのだから。

気になるのは、斉藤が「Lighthouse」の何を「多形倒錯的たゆたい」と呼んだのかだ。たしかにこの連作には、性的でありながら指向性がはっきりしない歌がある。

小さな死みたいに小さい旅をする　性欲に似たものを翳して

ショージサキ「Lighthouse」

この歌で言及されているのは、「性欲」そのものではなく「性欲に似たもの」ではあるが、「小さな死」と並んで性的なニュアンスを醸し出す。しかし、この「性欲（に似たもの）」には、誰と性行為をしたいといった指向性が感じられないのが珍しいところだ。性欲が必ず指向性を伴うものではないことは、たとえばアセクシュアルの場合などでも示されているのだが、それが言及されることは少ない。

セクシュアルな感覚のある歌には次のようなものもある。

顔も手も胸も知ってる友人が知らない男と生殖してる

斉藤は「『胸も知ってる』と書いてあるということは、そういう感情、あるいは経験があったのやもしれず、なかったのやもしれず、どっちにも取れるような歌です」（四三頁）と発言している。私もそう思う。

しかし、セクシュアルな歌と取れるのはこの二首で、ひとつは指向性が曖昧、ひとつは指向性がぼんやりと同性に向いている（「男と生殖」しているということは「友人」は女性と取った。また〈年上の女のひとが車道側歩いてくれて今だけ女児だ〉の歌から、作中主体は女性であると取った）。異性に向いたものは出てこない。なぜこれをわざわざ「多形倒錯的たゆたい」と呼び、「女子校とか男子校に通っていたら……めずらしくない」感情や経験、と説明するのだろう。曖昧に異性を指向している（かもしれない）歌があって、同性を指向している歌はない連作だったら、それを「多形倒錯的たゆたい」と呼ぶだろうか。ここには、作中主体をあくまで「異性愛者」の枠に——いや、そのように有徴化されることのない、「普通の人」の枠に閉じ込めたいという欲望が感じられる。異性に性的な指向が向くのは、書かれていなくても当たり前のこととして、それに加えて同性にも性的な感情がきざすこともあるが、それはまあそういうこともあるよねくらいのもので、わざわざレズビアンと呼ぶほどではない、大丈夫普通普通、と言いたそうな。

それって、斉藤の言う、「定義」や「くくり」からの自由さ、とは正反対のものではないの？　多少のゆらぎや逸脱は許すから、「こっち側」にいなさい、「あっち側」に行ってしまってはいけない、という、家父長的な存在による鷹揚な許しと束縛、ではないのか？　そういう力から逃れるために、「レズビアン」や「セクシュアルマイノリティ」といった名乗りがあるのではないのか。名前がないといないことにされるから。シスジェンダー・異性愛が、名前を持たない「普通」「普遍」として世界を覆い尽くそうとするから、それを名指し返すために、おまえもひとつのありようにすぎないのだと突きつけるために、シスジェンダー・異性愛でないものが名前を必要とするのではないのか。あるいは、男性を人間の標準としようとするイデオロギーを相対化するために、「フェミニズム」といった領域があるのではないのか。

名前が、何かを限定してしまうことなんて承知の上で。だって、名付けられないことの放恣を謳歌する「普通」を名付け返し、「普通」の座から引きずり下ろすためにみずから名乗るのだから。そうして、名前による解放と、名前からの解放を人は繰り返す。性的指向や性自認の新しいカテゴリは次々に誕生して、それによって自由になる（強いられたシスジェンダー・異性愛というカテゴリから解き放たれる）人もいれば、そのどこにも自分の居場所を見出せない人もいるし、名前を持たないことを積極的に選ぶ人もいるだろう。

個々の人が、レズビアンとかセクシュアルマイノリティとかフェミニストといった名を積極的に背負うべきだ、などと言うつもりはない。名前には不自由さもあるから。この連作において、作中主体が「レズビアン」と呼ばれうる人なのか、それを自認しているのか、自認していてここには書いていないだけなのか、といったことも、一意に定める必要はないと思う。

ただ、評をする人が、「名前のついたありようって不自由だよね」程度の認識で切り捨ててしまうのは、間違っているし、対象への敬意を欠いている。そもそも、「この作品のテーマは『フェミニズム』」「これは『レズビアン』」と一言で定義できてしまう、というのは、単に「フェミニズム」「レズビアン」と感じ取れる要素を見つけた瞬間に、「フェミニズム」や「レズビアン」に対して（それも、きわめて狭い理解に基づいて）持っている自分の期待の範囲内に収まるものしか知覚できなくなってしまうからではないのか。

ここまで、選評に即して主に性についての言説を批判してきた。しかし、受賞作自体は性よりむしろ、地方と都会、そして友人の自死をめぐるものであるように思われる。

斉藤は、「『腐葉土にふれて汚れた手』や『種を蒔くほうに生まれてみたかっただろうか種を育てる身体』。性に関して、自分はこうです、ではなくて、こうもあり得るし、ああもあり得る、みたいなところをたしかめながら詠んでいる感じがします」（四三頁）と発言している。しかし〈種を蒔く〉の歌は、「こうもあり得るし、ああもあり得る」どころか、こうでしかあり得ない非常に窮屈な身体のありようを詠っているように私には思える。

〈腐葉土〉の歌が性にまつわる歌と読まれた理由は不明だ。二首前の歌から並べてみよう。

手荷物が重たくないと怖いから褪せた話を買って詰め込む
顔も手も胸も知ってる友人が知らない男と生殖してる
腐葉土にふれて汚れた手、にふれる　汚れは少ししか付かなくて
種を蒔くほうに生まれてみたかっただろうか種を育てる身体

（一首省略）

あなたから見ればわたしは身勝手で美しい旅人なのだろう

〈手荷物〉の歌の時点から作中主体は地元に帰省しているようで、地元では友人が〈男と生殖〉し、妊娠している。おそらくこの友人は農作業をしていて、腐葉土で手が汚れている。〈土〉は友人を縛り付ける土地そのものの象徴のようだ。都会に出ていった〈わたし〉がその手に触れても、地元で生き、生殖をしなければいけない友人の背負うものをほとんど分かち合えない。

こうして読めば、〈種を蒔くほうに生まれてみたかっただろうか〉というのは、自分ではなく〈種を育て〉ている＝妊娠中の友人についての問いかけであることがわかる。そんな友人＝〈あなた〉から見れば、都会へ去った〈わたし〉は、背負うものもなく〈身勝手で美しい旅人〉だ。

そしてその次の歌は、〈お星様になってしまった人たちがFacebookを発光させる〉と、死者を詠んでいる。この歌には複数の死者がいるが、三首後の〈お墓には一円玉を撒いてやる　来世で手数料に苦しめ〉は特定の一人の死を詠っている。下の句の愛憎ねじれた悪態には、相手が死んだことを責めている気配があり、とするとこのひとは自死だったのではないか。死を選んだのはこれまでも出てきた〈友人〉だったのではないかと思われる。

その二首後に〈小さな死〉の歌がある。その前後の歌に〈大江戸線〉や〈車窓〉とあるから、〈小さい旅〉は文字通り小旅行なのだろう。そこに〈小さな死〉を重ねている。小さな死へと向かう性欲のように、小さい旅に向かうための欲望を〈わたし〉は翳して行くのだが、性欲に似ているというそれは生への欲望でもあり、死への欲望でもあるのだろう。

灯台は Lighthouse と訳されて家というより空虚な箱で
真っ暗は真っ暗なままだ　灯台になんてわたしはならなくてよい
行きだけの切符を買って　別にこれは覚悟じゃなくてただのきまぐれ

タイトルにもなっている〈灯台〉は旅の道標。地方から見た都会は〈わたし〉を旅に誘う明るく空虚な灯台で、後半で海を見に行く〈わたし〉にとっては死んだ友人が手の届かない灯台で、友人にとっての〈わたし〉も遠い憧れの灯台だったのかもしれない。だから〈わたし〉は〈灯台になんてわたしはならなくてよい〉と言う。誰かを遠くへ誘ったりすることに疲れ、真っ暗な中で〈行きだけの切符〉という自死を想起させるものを握りながら、それでも死の〈覚悟〉を持たずに〈気まぐれ〉の力で生きようとする。

「外の世界よりリベラル」な、この短歌の世界で

2023年5月

前回は、二〇二二年短歌研究新人賞の選考座談会の中で、特に受賞作「Lighthouse」についての部分を取り上げた。今回は、候補作「しふくの時」に関する発言を取り上げたい。

斉藤　今回の応募作の中で目に見えて多かったのが、女性の生きづらさをテーマにした作品と、あと学園・部活ものだったんですね。……で、女性の生きづらさについては、もちろん傾向と対策とかじゃなくて。日本社会は女性差別が強いのは事実ですし、me too とかで、いままで声を上げられなかった人が、勇気を出して声を上げられるようになったのはよいこと、というのは大前提とした上で。しかし短歌の世界は、もちろんいろいろ問題はありますけど、外の世界よりかはリベラルで、短歌の世界でこういう作品を発表することで批判されることはなく、むしろ褒められやすいと。外の

社会ではフェミニズム的な発言をすると、ツイッターで絡まれたりしてぜんぜん安全ではないんですけど、短歌の世界では追い風が吹いていて、むしろ安牌なわけです。そういう状況で、そういう作品を応募作として出すことに、ちょっとだけ考えてみてほしいんです。本当にこの視点に乗っかっていいのだろうか。ここにあるのは社会的な意義であって、文学的な意義ではないのではないか。(『短歌研究』二〇二二年七月号、五一頁)

まず断っておくと、一般論として、「本当にこの視点に乗っかっていいのだろうか。ここにあるのは社会的な意義であって、文学的な意義ではないのではないか」と自身に問い直すこと自体に意味がないとは言わない。それは社会詠につねに付き纏う問いだろう。また、社会詠に限らず、ひとの考えというのはほとんどが他者からの借り物、社会的な構築物なのだから、自分は他者の「視点に乗っかって」いる、という自覚を持つことも必要ではあると思う。

けれど、「しふくの時」というこの連作の読みとして、またフェミニズムに対する考察としては、あまりに粗雑というか、誤りであるし、ここまで粗雑な認識で片付けてしまう態度は、フェミニズム・バックラッシュやミソジニーを漂わせている。あらゆるイデオロギーに対して警戒を怠らないというよりは、アンチ・フェミニズム的な自身のイデオロギーに無自覚であるだけに思えるのだ。

「短歌の世界は、もちろんいろいろ問題はありますけど、外の世界よりかはリベラル」という箇所は、全くの間違いとは言わない。狭義の「政治」的な言説に限って言えば、歌壇や文壇とは無関係な人間関係や生活の場、職場などにおいて、「リベラル」「左翼」的な発言をすると敬遠される（体制批判的な考え方のみが過度に「政治的」と見なされる）ような空気を感じる人は多いだろうが、歌壇において「リベラル」な思想を表明した作品を発表して白眼視されるということは考えにくいだろう。

けれど、第一に、「リベラル」と「フェミニズム」は別に一体ではない。理念的にはリベラリズムはフェミニズムと親和性が高いが、ヒューマニズムで事足りるならフェミニズムは生まれなかったのと同じことで、リベラルな考えを持つ人でも当然のように性差別を内面化したりセクシュアルハラスメントをしたりしているから厄介なのだ。この人は、この組織はリベラルだから大丈夫だと思ったのに……という失望を味わったことがある女性は相当に多いと思う。

戦場カメラマンの広河隆一による性暴力が明るみに出た件は記憶に新しい。その加害は、「人権を大事にするジャーナリストだから」という被害者の信頼につけ込んで行われ、「活動そのものには意義があるから」という被害者の葛藤を利用して隠蔽されてきた。あるいは、文芸評論家の渡部直己による、早稲田大学におけるセクシュアルハラスメントと、研究室ぐるみ、大学ぐるみの隠蔽は？ 被害者がTwitterで公開した、被害を知っていながら見てみぬふりをしていた教員のリストには、高名な詩人や文化人の名前があった（このリストは最近公開されたものであって、昨年の座談会の時点で斉藤が知ることができるものではなかったが、似たような事例は枚挙に暇がない）。「外の社会ではフェミニズム的な発言をすると、ツイッターで絡まれたりしてぜんぜん安全ではないんですけど」と斉藤は発言しているが、このセクシュアルハラスメントの件において、被害者に対してTwitterで深刻な二次加害を行った人物の中には、詩人の伊藤比呂美もいる。「Twitterの世界」と、「詩人や歌人の文化的な世界」が分かれているわけではない。

そもそも#MeToo運動は、アメリカ映画界における、ハーヴェイ・ワインスタインによる性暴力への相次ぐ告発をきっかけに注目を集め、その後も文化・芸術の領域において広がりを見せた。

リベラルと見なされる業界であっても、性暴力やセクシュアル・ハラスメント、性差別は多発しているし、フェミニズムの浸透も充分とは言い難いのだ。アメリカ映画界なり、アカデミアなり、他の文化・芸術の領域なりに比べて歌壇の方がリベラルだとは言いづらいだろう。

第二に、「自分たちは『外の世界』に比べてリベラルである」という驕りこそが、問題のある状況を温存している可能性がある。倫理・人権の問題について、進んでいる・遅れているという尺度は用いたくないが、自分たちは「進んでいる」と思い込んであぐらをかいているうちに、社会全体からすっかり取り残されているということになりかねない。

私がアカデミアで性差別的な発言を受けて黙って耐えなければならなかった話をしたところ、一般企業で働いている友人に、「そんなの、うちの業界では一発アウトだよ。私なら取引先がそんなこと言ってきたらその場で話を打ち切って、相手の上司に連絡する」と言われたことがある。私は驚いたが、その驚きは「いろいろ問題はあっても、アカデミアは他に比べれば差別の少ない場所のはず」と無意識に思い込んでいた自分に対するものでもあった。

「他の場所に比べればましなんだから」という姿勢は、現実にある問題を軽視するものだろうし、自分とは異なる立場の人が直面している様々な問題を無視している。

そもそも、短歌の世界でフェミニズムに追い風が吹いていたことは一度もない。社会全体の平均と比較して、短歌の世界の方がよりフェミニズム的だったことはおそらく歴史上一度もなかっただろうし、フェミニストの歌人は個々にいても、フェミニズムのムーブメントが盛り上がったとは言い難い。今日短歌の世界でフェミニズムの声を上げている人は、社会が改善に向けて変化していく中で、旧態依然としたこの界隈に対して苦々しい思いを持っているように見受けられる。

「外の社会ではフェミニズム的な発言をすると、ツイッターで絡まれたりしてぜんぜん安全ではないんですけど」と斉藤は言うが、歌会等の場でも、アンチフェミニズム的な発言、差別、ハラスメントなどがあふれていてまったく安全ではない。それについては『短歌研究』二〇二三年四月号の特集「短歌の場でのハラスメントを考える」を読まれるといいと思う。

第三に、「外の世界」と「短歌の世界」を切り離すのは適切ではない。業界の特殊な事情や慣習の話をする際にはそういう分け方もできるけれど、短歌の世界は社会の中にあるのだし、短歌を詠む人たちは社会の中で生きている。

また、斉藤は次のように発言し、この連作の一貫性のなさを批判している。（この読みに関しては追記された「注」で訂正されているので、その点については後で検討することにする。）

斉藤　最初、電車の中で女性の生きづらさみたいな方向にいくのかと思ったら、電車の中のほんわかするような景色も出てきて、最後でまた急に女性のフェミニズムのテーマで終わる。その構成にちょっと引っかかりました。米川さんが言われたように、終盤の歌の、フェミニズムの視点の取り入れ方がすこし堅い気がします。（五一頁）

斉藤は別の箇所で、「今回の応募作にも、『フェミニズム』とか『レズビアン』などと、定義づけできるような作品が多かったんです」と批判的に総評を述べ、「『女性の生きづらさ』みたいな言葉でくくれるところから一歩踏み込んで、深いところがうたわれている」と受賞作を評価した。その一方で、「しふくの時」については、「女性の生きづらさ」「フェミニズム」というテーマに貫かれているわけではない点を短所としている（実際には、中盤も含めてこの連作は一貫したテーマを持っている。また、斉藤も中盤にも意味があったと注に記してはいるが、その注も的が外れている）。たとえ中盤に（実際には描かれている）フェミニズム的なテーマが現れていなかったとしても、一人の女性が社会の中で生きていく上で痴漢被害をはじめとする苦しみに直面することと、生活の中でほんわかするような情景に出会って心和むことは完全に両立する。どちらも（残念ながら、前者も）日常だ。一人の人の連続性のある日常と、その中で生まれる思惟をうたったものと、なぜ読めなかったのだろう。「フェミニズムの視点の取り入れ方」という言い方からも、フェミニズムは外部から「取り入れ」るものであり、心から湧いてくる思いがフェミニズムと呼ばれるものを形成するのではないという思想が見て取れる。

前回も書いたように、「女性の生きづらさ」と定義し、一言でくくろうとしているのも、おのれの狭い見識では定義づけできなかったものを切り捨てているのも斉藤自身なのである。

各作品に即した批評を行う新人賞選考という場の性質上、また座談会という場の性質上、発言内容に揺れや矛盾があるのも、すべての作品に適用できる尺度を提示しているわけではないのも、責められることではない。しかしこれらの発言の背後にあるのはむしろ、一貫した思想――ミソジニーやフェミニズム・バックラッシュ――であるように思われる。

ここまで、審査員の発言を批判してきたが、連作「しふくの時」について詳しく見ていきたいと思う。私は雑誌に抄出されている分しか読めていないので、連作全体を読んだ審査員の意図が必ずしも汲めているとは限らないことは断っておきたい。

まず、この座談会で、「雌伏」という言葉そのものの意味に言及した評がないことを不思議に思う。「雌伏」とは、「(雌鳥が雄鳥に服従する意)人に屈服すること。また、服従しながら、活躍する機会の来るのをじっと待つこと」(日本国語大辞典)であり、対義語は「雄飛」、すなわち「雄鳥が飛揚するように、勢い盛んに勇ましく活動すること」(同)。雌は服従し、雄は活躍するのが前提である。主語は大抵の場合男性、という印象がある。「雌のように」従い、いつかは「雄々しく」頭角を現す。女性は一生日陰にいて、「雄飛」することはないので、「雌伏」という言葉も使われない。

女性は身を低くし続け、屈服し続けるもの、という価値観を、「雌伏」という言葉が、その言葉を含む言語が内包している。抵抗せず、その言葉を受け容れてしまえば(みずから使わなくても、他者が使っているのを訂正せずにいれば)、そんな自分がこれからの社会を形成してしまう。自分も構造の一部として、その構造を再生産してしまう。それが、〈雌伏という言葉に抗わずにいればわたしに沿って道がうまれる〉の一首の指すところだろう。

「雌伏」と「至福」が掛詞として意味を持つのは、だからなのだ。小田急線死傷事件の犯人の「幸せそうな女性を見ると殺してやりたいと思うようになった」という供述の根底には、女は屈従しているべきなのに、女のくせに生意気だ、というミソジニーがある。そしてそれはこの犯人に特殊なものではない。社会的に強者である男性が幸せそうに見えても、憎悪は向けられないが、幸せそうに見える女性は（その幸せがどんなにささやかなものでも、実際には苦労をしていても）簡単に憎悪や嘲笑の対象にされる。だから女性は殺されないように「雌伏」しなくてはならない。

斉藤は先述した「注」で、連作中盤について考えを変えたことを述べている。


斉藤（注・と、えらそうに言っておいて恥ずかしいのだが、「しふくの時」について後日、気づいたことを補足しておく。

「しふくの時」の背景には、小田急線刺傷事件の犯人の「幸せそうな女性を見ると殺してやりたいと思うようになった」という供述があった。連作の中盤、小田急線沿線のほのぼのとした日常の描写がつづき、やや冗長と感じたのだが、冗長であることに意味があったのだ。その冗長さには、犯人のような疎外された人物に、この平凡な日常はどのように見えているのか？　という問いが籠められていたのだった。

だから「しふくの時」には、やや不十分とはいえ、犯人から見た世界への想像力が確かにあった。犯人にとっての「至福」が、女性にとっては「幸せそうに見えないよ

うに」生きねばならぬ「雌伏」であるという、タイトルの掛詞も効いている。（六四頁）

しかしながら、「しふくの時」で描かれているのは犯人から見た世界ではなく、犯人（をはじめとする、無数の潜在的な加害者）の視線に怯えながら生きなければならない〈私〉から見た世界だ。

斉藤は犯人を「疎外された人物」と言う一方で、〈私〉の生活が「ほのぼのとした」「平凡な日常」であることを疑っていない。けれど疎外されているのは犯人だけではない。常に性犯罪やヘイトクライム、フェミサイドの脅威に晒されている女性たちも、少なくとも同程度には社会に疎外されている。フェミサイドの犯人の目から見ればうんざりするほど幸福に見えるかもしれない、小田急線に乗っている女性である〈私〉の生活が、決して特権的に恵まれたものではなく、むしろ張り詰めたものであることが本連作では描かれている。

斉藤は、「犯人から見た世界への想像力」を評価している。しかしおそらく〈私〉には、「犯人から見た世界」は想像してみるまでもないものだ。むしろ常に、潜在的な加害者の目を通して物事を見ることを強いられている、というのが、ヘイトクライムの標的とされやすい人々の日常であろう。たとえば痴漢などの性犯罪については、「そんな格好をしていたら男はたまらないだろう」「犯人もそれで職を失うのは可哀想だ」などと、加害者に同情的な言説に晒され、加害者の目から自分がどう見えるかを考えて自衛するように求められる。スカートが長かったら、短かったら、髪が黒かったら、茶色かったら、大人しかったら、うるさかったら、幸福そうだったら——他者の悪意や殺意を誘発しないようにと、それればかりを考えて生きなければならない、そんな社会的弱者はむしろ自分の目を通して見た世界を奪われていると言っていい。

だから、この連作では、潜在的な加害者の目を通して世界を見なくてはいけない〈私〉の目を通して見た世界、が描かれなくてはならなかったのだ。

斉藤は、疎外された犯人と、幸福な暮らしを送っている女性たち、という犯人の描き出した構図にそのまま乗ってしまっている。付け加えておくと、それは特定の個人が犯罪者に親和的な精神を持っているということではなくて、憎悪の矛先を社会的弱者に向けさせるシステムが社会全体を支配しているということに過ぎない。

この連作を評価した審査員も、「幸福そう」な女性への嫌悪という点では共通している。

米川　「コンコースの物産展でご主人にいかがと言われ地ビール買わぬ」とか「子を産むか金稼ぐかの街にいてわたし砂漠でも水を探すね」。ここで出てくるのは小田急線でしょうか。おしゃれな、上品な主婦たちの雰囲気を感じながら読むと、その空気が強いているものを嫌だと思いながらもそれを使っているという感じですかね。このあたりは少し類型的で、もうちょっと違う言い方があるかなという感じです。（五〇頁）

米川がこれらの歌のどこから「おしゃれな、上品な主婦たちの雰囲気」をここから読み取ったのか、私には不明である。〈ご主人にいかが〉の歌は、ある程度以上の女性は必ず結婚しているものと決めつける恋愛伴侶規範や、ビールを飲むのは男性であり、目の前の女性本人ではないはずだというジェンダーステレオタイプ、そして何より、夫＝「ご主人」という、女性を服従する立場に置いた言葉遣いにあらわれる、差別を内包した言語構造そのもの（タイトルの「しふく」にも共通するテーマである）への、ささやかな反逆の意思表示の歌である。また、〈子を産むか〉の歌では、女性の生きる道が結婚して子を産むかキャリアウーマンとして経済的に成功するかの二択しか用意されていないことに触れている。「結婚しない」という選択肢はかつてに比べれば可視化されるようになったものの、結婚しない女性像として提示されるのは、キャリアウーマンとして成功できるような、心身共に健康なシスジェンダーのエリートばかりである。その中で二択のどちらも取らないことを明るく宣言するのが〈わたし砂漠でも水を探すね〉という下の句である。水のない砂漠であっても自分は水を探し求める。それくらい可能性の低い第三の道を、自分は諦めない。不可能性の認識と、不可能への挑戦が同時にやって来る、力強い宣言である。

これらの歌を誤読してしまう背景にあるのは、小田急線に乗っている女性というだけで勝手に「幸福」と決めつけ、架空の幸福への怒りを募らせる加害者と同質のミソジニーであろう。

米川「スカートにポケットがついていることは希望の変奏曲かもしれず」。おしゃれなスカートにはポケットがないんですよね。実用的なスカートにはポケットがあって、ああ、そうだなと思わせる。（五〇頁）

この認識も正確ではない。おしゃれなスカートにはポケットがないのではなく、たいていのスカートに、というかたいていのレディース服にはポケットがない。

なぜかといえば、女性にとって重要なのは他者から好ましく見えることであって、本人にとって快適であることではない、という思想がこの社会全体を覆っているからだ。究極の美を追求し、ポケットをつけることによるシルエットの崩れを許容できない美学を持つブランドが、美のためならどんな不便でも耐え忍んでみせるという顧客に向けてポケットのない服を販売することは何の問題もない。問題は、別に利便性を犠牲にしてもいいなどとは思っていない多くの女性にとって、満足の行くような着やすい服の選択肢がほとんどないことだ。つまり、女性が身に着けるものに、女性自身の意見や価値観がまるで反映されていないのである。その中で、着る人のことを本当に考えてポケットをつけた服に巡り合うとき、〈私〉は希望を感じる。「雌伏」しなくていいという希望を。

米川の読みの中では、実際には存在しない「おしゃれ」と「実用」の二項対立が作り出されてしまっている。女性全体への抑圧が、「おしゃれ」で「上品」な女性への嫌悪に読み替えられてしまっているのは、やはり一種のミソジニーではないか。「幸福そう」に見える女性、満ち足りて見える女性への憎悪がどれだけ社会に深く根を下ろしているかを露呈させる連作であった、と言える。

この連作は、そうした憎悪に憎悪で立ち向かいはしない。「ほのぼの」と形容される中盤のシークエンスは、弱者を疎外した、自己満足的な「ほのぼの」などではなく、弱い立場の人が同じく弱い立場の人を思いやる優しさ、穏やかさだ。〈ゆりかごのリズムで揺れて赤子抱く男に狛犬ポジション譲る〉〈ランドセルの少女が無事に改札を抜けるまで見てスタバに入る〉といった歌で、〈私〉は同じ電車に乗った、見知らぬ周囲の人々が傷付けられないようそっと見守る。赤子は大声で泣いたりすれば周囲からの憎悪を集めやすいし、一人で通学する小学生の女の子は犯罪のターゲットにされやすい。そんな、自分と同じく危うい立場の人に〈私〉が送る優しい眼差しこそが、憎悪に立ち向かう武器なのだ。

この世の語彙で

2023年7月

『短歌研究』四月号で〈短歌の場でのハラスメントを考える〉特集が組まれた。多くの寄稿者が意義を見出しつつ警戒心も抱いている様子が誌面から読み取れる。匿名のアンケートへの以下の回答がこの警戒心を特によく表しているだろう。

ハラスメントの根絶に対して真剣に取り組む気持ちはさほどないのに、今まで真剣にハラスメントを根絶するために活動してきた人々から功績を掠め取り、「ハラスメントに対して目端が利いている今どきの雑誌」という上辺だけを繕いたいのではないか。（『短歌研究』四月号、一二一頁）

私も警戒心を持ちつつこの特集に参加した一人として、これからの取り組みに注目していきたいと思う。

この特集には、評論やエッセイ、アンケートの他、短歌作品も掲載されている。私はこれまで「幻象録」で、短歌作品そのものを取り上げることは少なかった。その理由は、『短歌研究』に寄稿した「対話を始めるための長い長い前置き」にも書いた。自分の文章だが、ここに引用しておこう。

短歌について書こうとするとき、「作品そのもの」の話をしないといけないような圧力を勝手に感じながら、それはできないといっそう強く痛感するようになった。いまはまだ、できない。作品の話をするための地均しを、し続けている気分だった。

なぜできないのか。「純粋な」文学の話ができるのは、ハラスメントや差別の心配をしなくていい人だけだからだ。（五八頁）

さて、この連載も終わりに近付いて、ここで私は作品の話をしようと思う。なぜなら、これらの連作は、〈短歌の場でのハラスメントを考える〉という特集に載っていることによって、詠める／読めるようになった作品だと思うからだ。この世には多くのハラスメントがあり、権力の不均衡があり——といった、長い長い前置きをしなくてもいいようになっているからだ。それだけでも、この特集には意義があったと思う。

山中千瀬の連作「グッドラック」（五六―五七頁）が読めただけで。

〈あたしはあたしの手札すべてを墓地に送り召喚されたモンスターだよ〉

連作の一首目。「手札」「召喚」「モンスター」といった語彙から考えるに、ポケモン、だろうか、私は疎いので具体的にはわからないが、何らかのゲームの話だと思う。〈あたし〉は召喚されたモンスターである。モンスターとして、戦うためだけにこの場に現れている。一首全体が（　）で括られ、連作に対するト書きのような役割を果たしており、この場に、この連作に、この特集に、あるいはこの世界に……召喚された存在として、振る舞うことを宣言している。ここでの〈あたし〉というのは、プレイヤーの身代わり、召喚獣、使い魔、ないし武器として振る舞うモンスターであり、それ以外の要素は捨象されている、ということをも宣言している。この誌面に登場しているのを〈あたし〉のすべてと思うな、と言われているようである。

ところが、プレイヤーも〈あたし〉である。そしてモンスターとしての〈あたし〉を召喚するために犠牲にされたのは、〈あたしの手札すべて〉。〈あたし〉は、この場で戦う存在となるために、〈あたし〉のすべてを捨てた。プレイヤーとしての〈あたし〉

≠モンスターとしての〈あたし〉であり、同時にプレイヤーとしての〈あたし〉≒モンスターとしての〈あたし〉なのだ。そうならざるを得なかった。

あなた方は、〈あたし〉の一部分だけを見るためにここに来たのでしょう、と〈あたし〉は挑戦的に語りかける。ハラスメントを受けた〈あたし〉、マイノリティとしての〈あたし〉、かわいそうな〈あたし〉、戦うかっこいい〈あたし〉を。〈あたし〉には他の色んな面もあるのに。いいでしょう、見せてあげる。傷を受け、戦う〈あたし〉を。傷を受け、戦うために、それ以外のすべてを捨象しなければならないということそのものを。そう告げる。

それはこの連作の中だけのことではない。〈あたし〉はこの世界に召喚されたモンスターでもある。この世界で、傷を受けながら戦うために、〈あたし〉は戦う以外のすべてを捨てなければならなかった。モンスターに同化しなければならなかった。そんな傷だらけの苦しみと、同時に、開き直ったきらめきがある。〈あたし〉はハラスメントを受けることと引き換えに、捨て身でこの世界を破壊するモンスターを召喚したのだ、全部ぶっ壊してやるから覚悟していろよ、という。

またきみが去ってやつらが残るのを100年を200年を見ていた

〈きみ〉は、ハラスメントを受けて去っていかざるを得なかった人々だ。ハラスメントが公正に裁かれることは残念ながら少ない。多くの被害者が、被害を訴えることができずに、あるいは被害を訴えた結果、場を乱す者として疎まれて、加害の起きている場所を――学校を、職場を、サークルを、結社を、コミュニティを、プラットフォームを、あるいはこの世を――立ち去っていった。ここを去ったとて、安全の保証された場所などないと知りながら。〈やつら〉――加害者たち――だけが安穏と同じ場所に留まる。

そんなことが繰り返される百年、二百年だったのだ、私たちの経てきた時間は。「100年も200年も見ていた」ではない。〈100年を200年を〉の〈を〉には、〈またきみが去ってやつらが残る〉ことの繰り返しに〈100年〉〈200年〉が集約されてしまうという凄みがある。

そして、それを〈見て〉いるしかできなかった。〈きみ〉に手を差し伸べることもできなかった――誰が？　主語はこの歌にはない。〈きみ〉がハラスメントを受けたすべての人の集合体であるのと同じように、この歌の視点はそれを見てきたすべての人の集合体であり、〈きみ〉と視点はしばしば重なり合う。自分もハラスメントに遭って立ち去り、他の誰かもハラスメントに遭って立ち去り、他の誰かが立ち去るとき自分は見ているしかできず、自分が立ち去るとき見ているしかなかった誰かも自分であり――ハラスメントを受けたこと、ハラスメントを受けた人を助けられなかったこと、それらの痛みのすべてをこの歌は引き受けている。一人の人間を超えて、人間の〈ハラスメントの〉長い歴史を見つめる視点となって。

ただの傷、ただの暮らしを劇薬のようにかくして待つ西武線

この歌において、〈傷〉と〈暮らし〉はほとんどイコールだ。ハラスメントの標的になりやすい人にとっては。傷に次ぐ傷、それこそが日常であり、暮らしである。〈ただの〉という修飾にはアイロニーがある。自分には当たり前すぎて〈ただの〉と思ってしまうけれど、本当は全然〈ただの〉ではない、凄絶な傷。同時に、自分にとっては凄絶な傷なのに、それを他人事と捉える人が発する、〈ただの〉という言葉。そしてそれを内面化してしまった自分が発する、〈ただの〉。

自分には日常的すぎ、ほとんど〈暮らし〉そのものである〈傷〉を、それでも〈劇薬のようにかく〉す。誰の目から？　それは、そのような傷を受けない人々の目だろ

う。そんな傷があることを知らない人たちは、傷を目にしたらショックを受ける。だから、当たり前のような傷の話をするにも慎重にならなくてはいけない。

同時に、〈劇薬のようにかく〉す、という表現には、劇薬を隠し持って武器として使う、という含みもある。私の受けた傷の話でショックを受けるなら、ショックを受けさせてあげようか、という。

特集の文脈で言うなら、この企画に含まれるアンケートのようなハラスメント調査への、皮肉を含んだ言及でもあるだろう。ハラスメントを防止するために、被害者が自分の受けた被害の話をしなくてはいけないことがある。自発的にすることもあれば、求められてすることもある。その被害のストーリーがショッキングであればあるほど、「そんなひどいことがあったなんて知らなかった」と衝撃を受けた人がハラスメント対策に前向きになることはある。同時に、ショッキングな経験であればあるほど、他者を不快にさせるからと隠さなければならなくなる場面も多い。自分も話すたびに傷付く。自身の傷をショック療法のように用いなければならないことに対して、手放しでは肯定できない思いを慎重に閃かせる。


（雨は？）雨は、降ってた。（傘は？）ささんかった。

この世の語彙で言えばそれだけ。

ハラスメントというのは、突発的な事件が局所的に起きるというものではない。この世界にずっと止まない雨が降り続けているようなものだ。全員にとっての問題なのにそれから身を守るための傘を持っている人と持っていない人、安全な屋内にいられる人と屋外にいる人がいるということをこの歌は示唆している。

傘を〈ささんかった〉というのは傘を持っていなかったのかもしれず、持ってはいたけれどどこんなものさしてもしょうがないという無力感に覆われていたのかもしれない。( )に入った言葉は他者からの問いかけのようにも見える。雨は降っていたのか、傘は差していたのか、その言葉は、「ちゃんと自衛をしたのか」という他者からの二次加害的な圧力のように響く。いまずぶ濡れの人に対して、ケアの手が差し伸べられるのではなく、何で濡れているんだ、傘は差さなかったのか、と責めるような言葉が投げ掛けられる状況には、きわめて見覚えがある。その問いに対して、話者はごく短い言葉で答える。〈この世の語彙で言えばそれだけ〉で、それ以上に自分の状況を適切に表す言葉はどこにもない。

〈この世の語彙〉ではただ雨に濡れただけのこと、大したことない話と片付けられてしまう、その雨がどんなに自分を蝕んだか語る言葉はまだこの世にはないのだ。

流されんためにつないだ手かもだけど渡り終えても触れてもいいかな
きみのことは知らない何も左手に空っぽの水鉄砲さげて

五、六首目では連帯が語られる。この世の濁流に流されないために連帯しなければならなかったことに対して、一種の口惜しさが滲んでいる。苦しみなど何もない世界で、完全に自発的な選択としてあなたとともにいることを選びたかったのに、戦いのために取り合った手だった。それでも、戦いを終えた後で、平和な世界でも、あなたとともにいることを選びたい、と告げる。

〈つな〉ぐ、に比べて〈触れ〉るというのはささやかで小さな動作だ。痛みや苦しみの中での、必要に駆られた連帯に比べて、苦しみから自由になった場所での関わりは小さなものになるかもしれない。それでも、一度つないだ手を放して、自由になった手を再び触れ合わせることから始めたいのだ、他者との関係を。

この連帯は、顔の見える、名前を知っている他者との関係でもあれば、自分と同様に苦しみを背負わされたすべての人との共同戦線でもあるだろう。〈きみのことは知らない何も〉という六首目は、二首目の〈きみ〉と同様、ハラスメントを受けた、すべての時代のあらゆる人に対して〈きみ〉と呼びかけ、同じように苦しめられているということ以外に何も知らないけれどともにいよう／ともにいるのにそれしか知らないことが口惜しい、と語っているのであり、同時に具体的な他者たちに対して、ともにいるのに、互いの傷のことしか知らずに来てしまった、と告げているのである。

一首目、三首目は、自分が〈モンスター〉となり、〈劇薬〉となり、それ以外の部分が捨象されてしまうことの口惜しさと不穏なときめきを表明していたが、同様に、五、六首目では、他者との連帯の中で自分もまた自己と他者の個別性を捨象してしまう、させられてしまうことに目を向けている。同じ苦しみを持つことを拠り所にした（そしてそれ以外を捨象した）連帯は時にドラマチックだけれど、そんなドラマや苦しみに彩られなくても他者との関係を持ちたい、そのときはじめて苦しみ以外を捨象せず、〈きみ〉のことを知ることができるはずだ、という、希望を滲ませて。

電車がまいります風が起こりますきみは一瞬目を細めます
光の音が怒りと似てててあたらしいひかりのあさに目を細めます

日常的な光景を描いたように見える七首目。しかし、三首目の歌も〈西武線〉を待っていた。待った後についにやって来たその電車は、ほんとうは何だったのだろう。電車が引き連れてくる風が〈起こり〉＝「怒り」ます――という掛詞読みは多分無理矢理なものではなく、次の歌では〈光〉と〈怒り〉が掛けられている。いつものように朝がやって来て、いつものように光が差す。その光が〈怒り〉となって爆発し、すべてをひっくり返す日が来る――目を細めた一瞬に見た夢は、きっとそんな夢だ。

夢を見たのは七首目では〈きみ〉であり、八首目では主語は明示されていない。ここでも〈きみ〉と〈あたし〉はクロスオーバーしている。〈きみ〉の夢であり、〈あたし〉の夢なのだ。

１００年じゃとても足りない夢を見てその後のあたしの猫をよろしく
よろしくじゃないよな　それでも手を伸ばし友だちとゆく花道なんだ

こんな苦しみを全部なくすなどという夢は、しかし、百年程度ではとても実現しないだろう。そんな広大な夢を〈きみ〉は、〈あたし〉は、日々電車が来て風が怒りを運んでくるごとに、朝が来て光が怒りを伝えるごとに、夢みている。

同じ作者の歌に、〈あたしたちは死なない猫を継ぐ種族　本棚の本まじらせながら〉（https://note.com/bit_310/n/n0fac063b83ff より引用）というものがある。血を交わらせるのではなく、〈本棚の本〉を混じらせ、遺伝子ではなく〈死なない猫〉を受け継いでいく、というこの歌は、生殖を強いられる世界へのアンチテーゼだ。

九首目の〈あたしの猫〉は、右の歌からのセルフ引用だろう。〈あたし〉は自分の生きている間に実現しない夢を、意思を、希望を、この言葉を、後世の人へ伝えていくから、受け取ってほしい、という挨拶が〈よろしく〉には込められている。

しかし、〈よろしく〉という軽やかな言葉を、次の歌はすぐに翻す。〈よろしく〉なんて軽く言えるようなものではないんだ、〈それでも〉苦しいだけの生ではないんだ、という、上の句に対する〈それでも〉でもあり、また前の歌に対する〈それでも〉でもある。自分たちの幸福はあきらめるから後世の人が夢を叶えてくれ、という言い方をしたけれど、それは違う、生きてる間は叶わない夢でも、〈それでも〉、濁流を渡るために手をつないだ人を友だちと呼び、濁流を渡るしかない生を花道と呼ぼうと宣言し、現状を容認しないことと希望とを両立させているのが最後の歌だ。

そこまで読んで、もう一度「グッドラック」というタイトルに戻ってくる。「グッドラック」は「幸運を祈ります」という意味だけれど、別れ際やはなむけの挨拶にもよく使われる。濁流の中で手をつないでいたけれど離れ離れになってしまうかもしれない友だちへの、別の道を行ってもどうか元気で、という「グッドラック」、こんな世界の中でもあなたに会えたことだけは幸運だったよ、という「グッドラック」、百年先、二百年先の人たちへの、遠い挨拶としての「グッドラック」、自分のいないその世界はもっといい場所になっていますようにという祈りとしての「グッドラック」、自分に向けての祈りとしての「グッドラック」、様々な「グッドラック」がパラレルワールドのように広がる。がんばればば報われるなんて言える世界ではないから、とにかく「グッドラック」という言葉を送るほかないのだ。

批評は何のためにあるのか（最終回）

2023年9月

批評は何のために必要なのか。

時に批評は実作より軽んじられる。けれど批評がなくては文学は成り立たない。その考えは、この「幻象録」を書き始める前からずっと、揺らぐことがなかった。言葉は自由ではないからだ。

今までにも書いたけれど、短歌は読者の共通認識に依拠するところが大きいジャンルであり、つまりそれはステレオタイプを利用し、再生産するということでもある。だから、短歌には強固な読みのモードが存在する。そのモードから外れたものは、たとえ書かれていても読まれない。たとえ読まれたとしても、それは「深読み」「穿った読み」と見なされるだろう。

短歌に限らない。程度の差こそあれ、言葉は共通認識の上に成り立っている。読まれないから、書くことも難しい。それは、評価されないからとか売れないからといった表面的な理由のみによるものではない。不思議なことだが、言語は他者への伝達という機能を本質的にもつからだ。わたしたちは頭の中で考え事をする時でさえ、言語を用いるというのに。

伝わらない言語で思考し続けるのは、それゆえ困難だ。頭蓋の中で響く声が、わたしたち自身にさえ聞き取りづらく溶解していってしまう。

言葉は聞かれ／読まれなくてはならないのだ。読みのモードから逸脱しながら、みずから読まれるように仕向ける言葉もある。読みのモードを転覆し、革命する言葉。しかし、孤立した革命は敗れる運命にある。また、すでに革命後の言葉で語るもの、革命後の言葉でしか語れないものもある。

そういう時に必要なのは批評である。革命の伴走者となるもの、あるいは、革命を起こすもの、すでに起きている革命に対して人々の目を開かせるもの。

つまりは、書かれたけれど読まれなかった言葉のために、読まれることがないから書かれることもない言葉のために、読みを変革し、拡張するのが批評である。読まれる素地ができてはじめて、現れてくる言葉、忘却の淵から帰ってくる言葉、受け継がれる言葉がある。

そうして切り開かれた読みは、しかしそれ自体が凝り固まり、また新たな固定観念になっていく。絶対に正しい読み、何にでも応用できる読みが誕生することはない。言語が共通認識を、固定観念を必要としなくなる時は来ないし、共通認識が、固定観念が消滅することもない。それゆえに批評はいつでも必要になる。

古いものが間違っていて、より新しいものがより正しい、といった話では無論ない。流れるのを止めたら凍ってしまう川のように、考えるのを止めたそばから凝固してしまうのが人間の精神で、氷を砕きながら、歩み続けるほかない。天が下に新しいものは何もないとしても、言葉を使い続けるなら、言葉の読みを切り開き続けるしかない。

＊

実作と批評は容易には切り分けられない。作品は批評的であり、批評は創造である。同時に、作品を作る、だけでは成し遂げられないこと、批評の言葉があって初めて可能になることがあると、この十年くらい（つまり、短歌を始めてからというものほぼずっと）考えている。

それは、文学作品では世界を変えることはできない、という諦めではなく、むしろ文学のために世界を変えたい、という途方もない願いであるかもしれない。

ただ一首の歌のために、その歌が「読める」世界を作りたい、という。

作品を世界のために奉仕させるのではなく、作品のために世界を作りたい、という。

私が研究しているウィリアム・モリスは、芸術家であり、デザイナーであり、同時に社会運動家でもあった。それは当然のことだった。

彼は美しいものを作ろうとした。産業革命以降、世の中に粗製濫造の醜悪な品ばかりが溢れて、芸術品は金持ちの嗜好品になってしまったと嘆いた彼は、民衆の生活の中に美を取り戻すため、美しい家具やインテリアの会社を設立するが、一切の妥協なく理想の美を追求すれば、材料費や人件費が嵩み、製品はとても一般庶民には手の届かないものとなった。このジレンマの根本的な原因は資本主義にあると彼は看破し、社会改革に身を投じるのだ。

彼は芸術のために世界を変えようとした。同時に彼は、世界をより美しい場所にするために芸術に取り組んでいた。資本主義が、家々をつまらないものにし、街並みを汚し、自然を破壊して、世界を醜い場所に変えてしまった、と考えたからで、彼は世界を一個の芸術品として彫琢しようとしていたのだ。

彼にとって、芸術と社会は当然のようにひとつであり、同時に、別個のものでもあったように思われる。彼は芸術品を民衆の手に届く価格にするために、品質を妥協しようとはしなかった。それよりは社会運動の領域で戦った。芸術はある種の聖域であり、それを守るためには社会運動という別の手段が必要だったのかもしれない、と思う。

（しかし世界を芸術品としてより美しく磨き上げようとするモリスの手付きには、時に一切を自己の理想に沿って組み立てようという、ある種ディストピアの設計者めいた執念を感じることがあるし、世界を変えたいと簡単に言ってしまうわたしにも同種のものが流れていて、けれどもわたしはモリスのようには美と善を同一視することができない。美と善のどちらかを選ばなければならないとしたら苦しみつつも善を選ぶだろう、けれどもそのように「選ぶ」ことを考える行為自体傲慢だ）

＊

五年近く前、「幻象録」の前身となる歌壇時評を担当することになった時、わたしは困ったことになったと思った。何を書けばいいのか分からなかったし、同時に、書きたいこと、書かなければならないことが無限にあるようにも思えた。

ずっと、そのまま来ている。

毎回同じことばかり書いている気もしたし、書いても書いても足りない気もした。自分が何をしたいのか、何をしているのか、はっきり分かっている気もしたし、分からずにただ走っているような気もした。


何をしていたかといえば、伝えようとしていた気がする。

わたしは以前、ある記事を引用して、「『歌壇が分裂してもかまわない』という結論には私も異論はないけれど」と書いた。分断や分裂という言葉について、いずれもう少し踏み込んで書かなくてはならないと思いながら、先送りにしてしまった。

同じ記事について同時期に『未来』誌上で時評を書いた山川築が、Twitter 上でその点に触れている。

２０２２年７月31日
川野さんの文章にはほとんど全面的に賛成なのだけれど、『歌壇』１月号の奥田亡羊「短歌地図が違う」に言及している部分の〝「歌壇が分裂してもかまわない」という結論には私も異論はない〟（104P）というくだりについては、あんまり分裂してほしくないなあと思うのでした。
https://twitter.com/Wonderful_Maze/status/1553729199172571136

それを受けて、わたしはこう応答した。

２０２２年７月31日
わたしは「分裂」とか「分断」という言葉がちゃんと議論されないまま「悪いこと」として語られているけれど、一つにまとまっているのがそんなにいいことなの？ ということを思っているのですが、あの文章の中ではそこをちゃんと深められていませんでしたね。 https://twitter.com/megumikawano_/status/1553731916192706560

２０２２年７月31日
それまで見えていなかったものや存在を認められていなかったものが出てきたときに、「社会が分断され始めている」みたいな言説が流れることが多く、「分断されていない、まとまった状態がよい」という価値観は結局少数派への抑圧につながるので、それなら「棲み分け」の方がいいのではと思うのでした。

https://twitter.com/megumikawano_/status/1553733550863958016

「分断」という概念の問題については、濱松哲朗がより詳しく書いている。濱松は砂子屋書房のサイトで二〇二二年に連載していた「安心自由帳」の八月の回「当事者性とインターセクショナリティ」にて、『現代思想』（青土社）の同年五月号の特集「インターセクショナリティ　複雑な〈生〉の現実をとらえる思想」、および『現代短歌』二〇一八年八月号に採録されたパネルディスカッション「分断をどう越えるか――沖縄と短歌――」を踏まえて、こう述べる。

> それゆえ、「分断をどう越えるか」という問いに対する答えは、越えようとする前にまず認識し、互いを横断するところから始めたらどうか、となるだろう。先述した「現代思想」の対談で下地は「現に違いは違いとして存在しているのだから、それをまず認識するところから始まるのではないか。だから乗り越えてしまうのではダメで、違いをそのままにしながら〝横断〟していくことが必要なのだと思っています」と語る。

https://sunagoya.com/jihyo/?p=2645

「分断」という言葉は、しばしば、無視されてきた声がようやく聞こえてきた時に、その声を封じ込めるかたちであらわれてくる。分断自体はとうに生じていたのに。それならば無理に同化させようとするのではなく、ただ、自分とは違う存在がいることを認めるに留めた方がよいと思う。

右に引いた記事で、濱松は『現代思想』から森山至貴の「多様性は人々のあいだの違いを認めようといった方法を含意としてもつ以前に、端的に事実である」、「ダイバーシティ（多様性）が方針であるだけでなく事実も指すものであるように、インターセクショナリティ（交差性）も方針であるだけでなく何らかの事実を指す言葉であるはずである」という文を引用している。そう、「多様であること」は、理念である以前に、事実なのだ。

しかしわたしは、「分断」を問題視する言説を問題視しつつ、自分が思っているより熱心に、「伝えよう」としていたような気がする。

＊

山川は『未来』の同年十一月の時評で、右記の Twitter 上でのやり取りを取り上げ、次のように書いている。

筆者も「分断」に類する語を濫用してきた身なので耳が痛いが、川野の主張は明快で腑に落ちるものだ。

そして、「棲み分け」のために求められているのは、相手を拒絶し、「わたしとあなたは違う」と決めてかかる態度ではない。きちんと差異を認識するために、相手の言に耳を傾け、理解しようと努めることが……必ずしも理解に至らないとしても、そこに至ろうとすることが、重要であるはずだ。

http://www.miraitankakai.com/comments.html

「棲み分け」という言葉は、粗かったなと今では思っている。「分断を乗り越える」と称して少数派を抑圧するくらいなら、という消極的な選択として「棲み分け」と書いたけれど、多様なものが多様なままに互いを尊重しあって生きるには、山川の言うように「相手の言に耳を傾け、理解しようと努める」ことが必要であり、それは消極的どころか、多大な労力を要するからだ。

また、山川は二〇二三年三月の時評において、一年間を振り返ってこう書いている。

時評を書くときに決めていたことがもうひとつある。それは、「こんな価値観もあれば、あんな価値観もある」と紹介するのではなく、自分が「この価値観」を選び取ったと表明することだ。(同)

そして、「断絶」という概念に疑問を呈する染野太朗「舌の複製について」(『歌壇』二〇二二年六月号)を要約しながら、こう続ける。

[染野の記事の]「断絶」は、外側の多様性が尊重されさまざまな価値観が等価になることではなく、それらを根本的に否認することから生じるはずだと指摘する流れにも納得した。

一方で、価値観の相対化の受容を徹底することは、いかなる評価も下さない態度に近づく危うさを孕んでいる。評価という行為は、自らの価値体系を定めた上で、対象をどこに位置付けるかを決めることだ。それが一切伴わない言論に意味があるとは思えない。価値観の相対化を十分に認めた上で、「この価値観」を選び取ることが重要

なのだ。(同)

すでに触れたように、わたしは「多様性」というのは理念である以前に事実であると考えている。多様な人々がもとからこの社会には生きているという、事実。多様性の受容とは、その違いを塗り潰したり、違いゆえに迫害したりしてはならない、ということであって、あらゆる価値観や考えを等価に受け入れるべきだという意味ではないと思っている。だから、多様性の尊重が「価値観の相対化の受容を徹底する」ことにつながるとは思わない。その上で、山川の「自分が『この価値観』を選び取ったと表明する」という姿勢には同意する。

すべての価値観を等しく受け入れる、というのは、多様性よりはむしろ均一性の方により親和性が高いのだし。

注意しなくてはならないのは、さまざまな立場や属性のひとがいるということと、さまざまな価値観のひとがいるというのは、どちらも事実であり、どちらも「多様性」ではあるが、きれいに重なり合うものではないということだ。無論、立場や属性の違いが生む経験や視座の違いがあり、それが考え方の違いにもつながることは否定しないが、同時に、立場や属性が同じなら考え方や価値観が同じだと見なすことはあやういことであり、単純に、まちがっている。

わたしは、自分はこう思う、という話をずっとしてきたし、これからもすると思う。その中で、しかし、立場や属性が違うからといって、この話はあなたには伝わらないだろうと、この言葉はあなたには必要ないだろうと、決め付けることはしないように注意を払ってきたつもりだ。

「話せば分かる」という態度は簡単に暴力に転じるし、「対話」を求める姿勢に見せかけて他者の口を塞ぐという暴力が振るわれることも多い。多分わたしもその暴力を振るったことが何度もあった。

こうして文章を認める時、瓶に手紙を入れて海に流すようなあてどもない気持ちになることがしばしばあった。そのあてどもなさが気楽でもあった。誰にも読まれていないかもしれないくらいの孤独さは自由だった。他者に無理やり対話を迫ったり、迫られたりする暴力性を避けたかった。

だけど、届いたらいいな、とおもう。

言葉は読まれることを求めているから。

言葉は他者であり、あなたは他者だから。胸のうちでつぶやいた言葉も、言葉である以上、他者に向けて開かれた対話であって、すでにそこにはあなたがいる。

あなたが誰かは知らないけれど。
わたしはやっぱりあなたに何かを言おうとしていたんだとおもう。

あとがき

この本は、『現代短歌』誌上で２０１９年３月号から11月号にかけて連載された「歌壇時評」および２０２０年１月号から２０２３年11月号まで連載された「幻象録」をまとめたものである。

はじめは半年間の枠で歌壇時評を担当することになっていたのだが、第一回を書いた時点で編集長の真野氏から「半年と言わず、もっと長く続けて書籍化したい」と言われ、『現代短歌』がリニューアルして隔月刊になるタイミングで、「幻象録」という題を冠した新たなコーナーとなった。

「幻象録」になるにあたり、大幅にページ数を増やしてもらったのは私の希望であったにもかかわらず、毎回呻吟しながら書くことになった（いや、「歌壇時評」の時は字数を削るのに苦労していたから、字数の多寡は本質的な問題ではなかったのだろう）。何を書くべきか、何を書かざるべきか、毎回悩みに悩んでいたし、そのために原稿は遅れに遅れ、真野氏には多大な迷惑をかけた。

わたしの文章に美質があるとすれば、感情と論理が切り離されていないところだろうと思う。

「感情」と「論理」はともすれば対立関係に置かれがちだが、そのふたつは全く位相が違っていて、それゆえ何の齟齬もなく両立しうるとわたしは思う。わたしは感情を殺すことなく、むしろ研ぎ澄ませて外界と相対し、心が知らせたことを論理的に整理し、分析して、他者と共有可能なかたちにしようとしてきた。わたしはずっと怒っていて、同時に、その怒りを開かれた場に置こうとしていた。そうなのだと思う。

連載中は、読者も少なく反響も滅多にないことにむしろ安堵して自由に書いていたところがあるが、覚悟を決めてより多くの読者に届けたい、時代を反映した文章なので話題が古くなりすぎないうちに、と考え、連載を締めて書籍化する決意をした。

最終回の原稿を出した後で、イスラエル軍によるガザへの侵攻が起き、今もそれは続いている。自分自身もその一部である世界への抵抗のすべを、考え続けなくてはならない。

二〇二四年四月　春の雨降る深夜に

本書は「現代短歌」二〇一九年三月号から二〇二三年一一月号まで連載された評論を文庫化したものです。

著者略歴

歌人、小説家、文学研究者。二〇一〇年、大学入学とともに東京大学本郷短歌会に入会、作歌を始める。同人誌『穀物』『怪獣歌会』などで活動（現在はいずれも活動終了）。二〇一八年、連作「Lilith」にて第二九回歌壇賞を受賞。二〇二〇年、第一歌集『Lilith』（書肆侃侃房）を上梓し、翌年、同歌集にて第六五回現代歌人協会賞受賞。小説集に『奇病庭園』（文藝春秋、二〇二三年）、『Blue』（集英社、二〇二四年）などがある。現在第二歌集準備中。

幻象録

2024年5月24日　初版発行

著　者　川野芽生
発行人　真野　少
発行所　泥書房
〒604-8212
京都市中京区六角町357-4
三本木書院内
電話　075-256-8872

装　幀　かじたにデザイン
印　刷　創栄図書印刷

ISBN978-4-86534-484-4 C0192 ¥1800E

泥 Bunko　003